八六、偏见害人，聪明障道

利欲未尽害心，意见①乃害心之蟊贼②；声色③未必障道，聪明乃障道之屏藩④。

注释

①意见：偏见、成见。

②蟊贼：蟊，害虫名，专吃禾苗。此处当祸根解。

③声色：美声和美色，泛指颓废的享乐。

④屏藩：屏风和藩篱。此处作大障碍解。

译文

利欲未必都会扼杀天性，只有自以为是的错误见解才是残害心灵的毒虫；声色享乐未必妨碍人修道成德，自作聪明才是修道成德的最大障碍。

评点

意见可以有，成见不可以有；聪明可以有，小聪明不可以有。成见和小聪明，从来都是偾事败身的根源，其为害比利欲声色还要大得多。

八七、伸张正气，留下清名

宁守浑噩①而黜②聪明，留些正气还天地；宁谢纷华③而甘淡泊，遗个清名在乾坤④。

注释

①浑噩：浑朴。

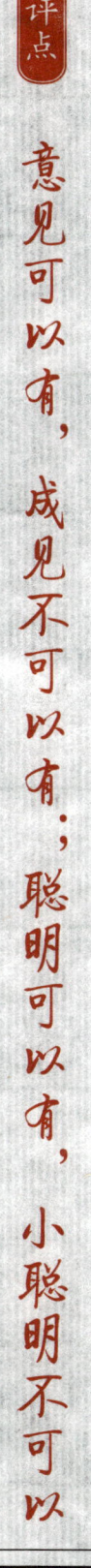

②黜：摒除。

③纷华：繁华富丽。

④乾坤：指天地。

译文

人宁可保持淳朴天真的本性，摒除后天的险诈机巧，也要留一些刚正之气还给大自然；宁可抛弃世俗的荣华富贵而甘于淡泊，也要留一个清白高尚的名誉还给天地。

评点

执着于机谋权变之类的小聪明，时时欲玩弄他人于股掌之上，即便幸运到一生不被反噬，只要失去了人所以为人的正气，也是一种彻底的失败。正如把一块精钢打造成极为好用的菜刀而非宝剑，虽得亦失。

八八、伏魔自心，驭横平气

降魔①者先降自心，心伏则群魔退听②；驭横③者先驭此气④，气平则外横不侵。

注释

①降魔：降伏魔障。

②退听：退后而听命。

③驭横：控制强横无礼的人或事。

④气：情绪。

译文 要想降伏魔鬼，必须先降伏自己的心，自己的心降伏了，众多的外魔自然退却并听从命令；要想驾驭横逆事件，必须先驾驭自己的情绪，自己的情绪平伏了，外在的横逆事件自然无法侵害。

评点 万物必然先实然后能大，譬如种子不饱满则无法发芽，气球吹大则必定爆炸。如果想求大，无他，在一个『实』字上做功夫而已。譬如想成就事业，只须在修德与博学上下功夫，譬如植树须往根部浇水，这就是所谓『本立而道生』。不浇灌树木的根本，反而把每一片树叶擦亮，这种表面光鲜终究是难以长久。

八九、欲路毋染，理路毋退

欲路①上事，毋乐其便而姑为染指②，一染指便深入万仞③；理路④上事，毋惮其难而稍为退步，一退步便远隔千山。

注释

①欲路：满足欲望的道路。

②染指：插手。

③仞：古时以八尺为一仞。

④理路：追求真理的道路。

译文 追求欲望方面的事，不要贪图便宜而插手，一插手就会坠入万丈深渊；追求真理方面的事，不要由于惧怕困难而产生退缩的念头，一退缩就会和真理远隔千山万水。

评点

人心中的善恶、公私、义利、理欲之间，就像一场拔河比赛，用力一分，就拔过来一分；稍懈一分，便被夺走一分。开始也许是欲路熟而理路生，然而修省久了，就会生处转熟，熟处转生，理路转熟后就不可夺了。所以理路上万不可退，这样欲路自然渐渐断绝。

九〇、不落浓艳，不陷枯寂

念头浓①者，自待厚待人亦厚，处处皆浓；念头淡者，自待薄待人亦薄，事事皆淡。故君子居常②，嗜好不可太浓艳③，亦不宜太枯寂④。

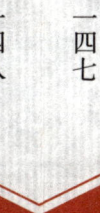

注释

①念头浓：执着的念头。

②居常：在日常生活中。

③浓艳：奢华。

④枯寂：枯燥寂寞。

译文

欲念浓艳的人，待自己很丰厚，待别人也很丰厚，以至凡事都显得浓艳。欲念淡薄的人，对自己很淡薄，对别人也很淡薄，以至凡事都显得淡薄。所以君子在一般情况下，嗜好不可以浓艳，也不应该太枯寂。

评点

所谓『不可太浓艳，亦不宜太枯寂』不是说在两者处折个中，而是折中于道义。所谓道义，就是心体有定，率性而为，而在作用上变动不居。譬如接待亲戚故旧，则应尽心尽力，以浓艳为主；遇到求己通融事务的，则应当淡泊处之，以枯寂为本。

九一、真伪之道，只在一念

人人有个大慈悲，维摩①屠刽②无二心也；处处有种真趣味，金屋③茅舍非两地也。只是欲闭情封，当面错过，便咫尺④千里矣。

注释

①维摩：梵语维摩诘简称，古印度著名居士，汉译净名。与释迦同时人，辅佐如来教化世人。

②屠刽：屠夫和刽子手。

③金屋：指富豪之家的住宅。

④咫尺：一咫是八寸，一尺是十寸，合指很短的距离。

译文

每个人都有一颗仁慈悲悯的心，维摩诘和屠夫、刽子手的本性是相同的；到处都有真正的生活情趣，富丽堂皇的大厦中和简陋的茅屋里没什么差别。可惜人心经常为情欲所封闭，使真正的生活情趣当面错过，虽然只在咫尺之间，实际上已相去千里了。

评点 人人都有佛性，恻隐之心人皆有之，所以人人都有大慈悲，屠夫、刽子手也不例外。因此，处处都有真趣味，金屋与茅舍没有两样。但人能不能成佛，能不能得到真趣味，却决定于心地是否纯真光明。贪得无厌，作恶多端，即使住金屋也心虚难耐；乐天知命、毫无邪念，即使住茅屋也会感到愉悦充实。

九一、君子无祸，勿罪冥冥

肝受病则目不能视，肾受病则耳不能听。病受于人所不见，必发于人所共见。故君子欲无得罪于昭昭①，必先无得罪于冥冥②。

注释

①昭昭：公开而显著的事物，指人。

②冥冥：隐蔽阴暗的事物，指鬼神。

译文 肝脏感染上疾病，眼睛就看不清，肾脏染上疾病，耳朵就听不清。病虽然生在人们所看不见的地方，但病的症状必然发作于人们所都能看见的地方。所以君子要想表面没有过错，必须先从内心深处下功夫，以免得罪于冥冥中的鬼神。

评点 这里提出的修养功夫就是『慎独』，所谓慎独，就是一个人的时候也像在大庭广众之下一样，绝不做不义之事。进一步说，即便发生在头脑中而不显露的恶念，也要断然克除，这就是不得罪于冥冥。

九三、相观对治，方便法门

人之际遇有齐①有不齐，而能使己独齐乎？己之情理有顺与不顺，而能使人皆顺乎？以此相观对治②，亦是一方便法门③。

注释

①齐：相等、相平之意。

②相观对治：相互对照、修正。

③方便法门：权宜的方法或门径。

译文

每个人的际遇各有不同，机运好的可施展抱负，机运坏的将可能一事无成，自己又如何能要求机运的特别待遇呢？自己的情绪有好有坏，有稳定的时候也有浮躁的时候，自己又如何能要求别人事事都顺从你的意愿呢？这样平心静气来观察，设身处地反躬自省，也是一个方便的方法和途径。

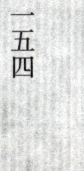

评点

『人心不同，各如其面。』财富、地位、健康，都直接影响人的情绪，但是要想全部得到这些很难，所谓『人生不如意事常居八九』。一个人事业的成功与否，一部分靠自己的主观努力，另一部分靠容观的机遇。努力了，不成功尚且可以心安；不努力所以不成功，则难免自觉有愧。

九四、名誉富贵，来自道德

富贵名誉，自道德来者，如山林中花，自是舒徐①繁衍；自功业来者，如盆槛中花，便有迁徙兴废；若以权力得者，如瓶钵②中花，其根不植，其萎可立而待矣。

注释

①舒徐：从容自然。

②瓶钵：花瓶或钵盂。

译文

荣华富贵和名誉，从道德修养中得来的，如同生长在山林中的野花，会从容繁殖，绵延不绝；从建功立业中得来的，如同生长在园中或盆里的花，只要稍微移植就会受到严重的影响；靠特权势力得来的，如同插在花瓶中的花朵，由于根部并没有深植在泥土中，花的凋谢枯萎可以站在那里等待。

评点

花朵的枯萎可以看见，人格的光鲜与枯萎则未必能一目了然。以不义手段谋得富贵权利，即便幸运到终身不失去，然而朝夕唯恐事情败露，其心态也是俯仰有愧、惶惶不可终日的。这样的人生，就像一枝从未开放，一直都是枯萎的花。

九五、拔去名根，融去客气

名根①未拔者，纵轻千乘②、甘一瓢③，总堕尘情④；客气未融者，虽泽四海、利万世，终为剩技。

注释

①名根：名利之念的根源。

②轻千乘：轻视诸侯。古时把一辆用四匹马拉的车叫一乘，诸侯有千乘。

③甘一瓢：甘于清苦生活。瓢是用葫芦做的盛水器。《论语·雍也篇》：『贤哉回也，一箪食，一瓢饮，居陋巷，人不堪其忧，回也不改其乐。』

④尘情：世俗人情。

译文

名利的思想根子没有彻底拔除的人，即使他能轻视富贵荣华而甘愿过清苦的生活，最后总是落入世俗名利当中；一时的意气、偏激的情绪没有化解的人，即使他的恩泽能广被四海，遗留万世，最终仍然是多余的伎俩。

评点

圣贤当进则进，当退则退，全是从义，世间的聪明人全是从利。譬如在唐朝，退隐成了争名的一种方式，即所谓『终南捷径』。卢藏用本来功名心很强，可是他却刻意隐居在京师附近的终南山，当他因清高之名而很快获得朝廷征用时，竟毫不隐讳地指着终南山说：『此中大有佳趣！』最终，唐玄宗以他曾经拍过太平公主的马屁为由，把他流放到了广东。

九六、心地光明，念勿暗昧①

心体光明，暗室②中有青天；念头暗昧，白日下有厉鬼。

注释 ①暗昧：黑暗不明，这里意为见不得人。

②暗室：指隐密不为他人所见的地方。

译文 只要心体光明磊落，即使在暗室中也能如同在晴空下。只要念头阴险邪恶，即使在光天化日之下，也像遇到了厉鬼一样战战兢兢。

评点 心体的光明处就是青天，念头的暗昧处便是厉鬼，不分白天黑夜。

九七、勿羡贵显，勿虑饥饿

人知名位①为乐，不知无名无位之乐为最真；人知饥寒为虑，不知不饥不寒之虑为更甚。

注释 ①名位：名誉和官位。

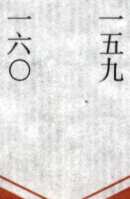

译文 人们都知道求得名誉和官职是值得快乐的事，却不知道没有名誉和官职的快乐最真实；人们只知道饥饿寒冷是值得忧虑的事，却不知道在不愁衣食后，种种欲念、患得患失的折磨更加痛苦。

评点 位高名重时，所患在『盛名之下其实难副』；不饥不寒时，所患在『饱暖思淫欲』。位高名重、醇酒华服之类的快乐也是一种快乐，但这是一种物质层面的快乐，难于获得却又极易消退，而且这种快乐往往会唤起更大的欲望，使人不觉沉沦其中，永不知足。只有精神充实，心安理得才是真乐。

九八、正气路广，情欲道狭

天理①路上甚宽，稍游心②，胸中便觉广大宏朗；人欲③路上甚窄，才寄迹④，眼前俱是荆棘泥土⑤。

注释

①天理：天道或人的本性。

②游心：留心、潜心。

③人欲：人的欲望。

④寄迹：立足、投身。

⑤荆棘泥土：艰难困苦的处境。

译文

追求天理的道路很宽敞，只要人们稍一用心探讨，心灵深处就会觉得开阔明朗；追求欲望的道路很狭窄，刚踏上去，眼前就全是荆棘和泥泞。

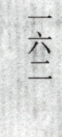

评点

『存天理，灭人欲』，这话人人知道，然而不论认同与否，都宜于先理解何为天理，何为人欲。朱子曾说：『饮食者，天理也；要求美味，人欲也。』可见所谓人欲，不是指人的一切欲望，而是指那种过分膨胀的私欲。

九九、病未足羞，无病吾忧

泛驾①之马可就驰驱，跃冶之金②终归型范③；只一优游不振，便终身无个进步。白沙④云：『为人多病未足羞，一生无病是吾忧。』真确论也。

注释

①泛驾：翻车。

②跃冶之金：当铸造器具熔化金属往模型里灌注时，金属有时会突然爆出模型外面，这就是所谓跃冶之金，比喻不守本分而自命不凡的人。

③型范：铸造时用的模具。

④白沙：明朝学者陈献章，广东新会人，字公甫，由于隐居白沙里，因此世人就称他为『白沙先生』。于明正统十二年进士及第，然而并未因此踏入仕途。被誉为『活孟子』。著有《白沙集》十二卷传世。

译文

翻过车的马只要训练有素，驾驭得法，仍然可以骑上它飞速奔驰；在溶化时爆出熔炉的金属，最终还是被人注入模型而成器。只有游手好闲、精神萎靡不振的人，才一辈子没出息。陈白沙先生说：『做人有过失并没什么可耻的，只有一生一点错都没有才最值得忧心。』这真是至理名言。

评点

进取的人，可能会遇到很多困难，遭遇很多不解和嘲笑，但即便最终并没成功，在过程中也必然有所得。有些人与世沉浮，往往看似安分守己，其实是没有远大的志向，只是唯恐动辄得咎。这种人即便一生顺顺当当，其生命也没有什么价值。

一〇〇、心公不昧，外贼无踪

耳目见闻为外贼①，情欲意识②为内贼，只是主人翁惺惺不昧③，独坐中堂④，贼便化为家人矣！

注释

①外贼：来自外部的侵害。佛家认为色、声、手、唯、触、法六尘，以眼等六根为媒介劫夺一切善法，所以称之为贼。

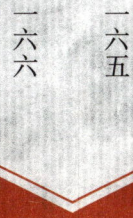

②情欲意识：内心的欲望和心思。

③惺惺不昧：警觉而不昏愦。

④中堂：中厅。

译文

耳目所见闻的东西属于外来的贼寇；感情欲望等心理上的邪念是内在的敌人。不管是内敌也好外寇也罢，只要人自己保持清醒的头脑，真心像独坐在中堂一样主宰一切，所有的贼寇都会变成我们修养品德的帮手。

评点

这里提到的修行方法，大致是佛教所谓『转识成智』。将声色、思虑、欲望之类一律摒弃，以崭露其历历孤明的觉性，待朗见佛性以后，再以此契合世间万法，则耳闻目见、思虑欲望等皆为我所用。所谓『主人翁』，即佛性。

一〇一、品质修养，切忌偏颇

气象①要高旷，而不可疏狂②；心思要缜密③，而不可琐屑④；趣味要冲淡，而不可偏枯；操守要严明，而不可激烈。

注释

①气象：内在气质和外在表现。

②疏狂：狂放不羁的风貌。

③缜密：细致周全。

④琐屑：烦杂琐细。

译文

气度要高旷，却不可流于粗野狂放；心思周详，却不可繁杂纷乱；生活情趣要冲淡，却不可过于枯燥单调；言行志节要光明磊落，却不可偏激刚烈。

评点

高旷失正则疏狂，缜密失其正则琐屑，冲淡失其正则偏枯，严明失其正则激烈。所谓失正，就是夹杂情绪，流于一偏，失去了道德的自然状态，因此会过犹不及。

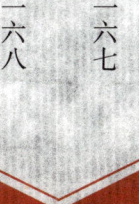

一〇二、临崖勒马，起死回生

一念头起处，才觉向欲路上去，便挽从理路上来。一起便觉，一觉便转①，此是转祸为福、起死回生的关头，切莫轻易放过。

注释 ①转：返回。

译文 当心中邪念刚一浮现时，才发觉有走向欲路的可能，就应该用理智拉回正路上来。坏念头刚一产生就警觉，一警觉就转念，这是转祸为福、起死回生的紧要关头，千万不要轻易放过。

评点 这里所讲的是人类的良知。人在做违背道义的事时，内心总会隐隐觉得不安，这就是良知的作用。作恶之人也是如此，然而，他们往往将这能使人悬崖勒马的一念放过，所以酿成祸端。明人王良说：『人心本自乐，自将私欲缚。私欲一萌时，良知还自觉。一觉便消除，人心依旧乐。』这段话可谓与本文同调。

一〇三、宁静淡泊，观心之道

静中念虑澄澈①，见心之真体；闲中气象从容，识心之真机；淡中意趣冲夷②，得心之真味。观心证道，无如此三者。

注释 ①澄澈：清澈。

②冲夷：淡泊而平和。

译文 宁静的心绪像秋水一般清澈，呈现出纯真的心体；安闲中的气象从容不迫，体现出人心真正的机趣；淡泊中意趣冲淡平和，这时才能发现人心真正的趣味。要想观察内心，证得大道，再也没有比这三种方式更妙的了。

评点 『静中念虑澄澈、闲中气象从容、淡中意趣冲夷』，三者是修养的功夫。这个功夫做到家，则不论动静都念虑澄澈，不论忙闲都气象从容，不论浓淡都意趣冲夷。

一〇四、动中静真，苦中乐真

静中静非真静，动处静得来，才是性天之真境①；乐处乐非真乐，苦中乐得来，才是心体之真机。

注释 ①真境：真实无妄的境界。

译文 在万籁俱寂中的静并不是真正的静，只有在喧闹环境中还能保持的静，才是彻见本性的真境界；在歌舞喧嚣中得到的快乐并不是真正的快乐，只有在艰苦的环境中仍能保持的快乐，才是本来心性真正的机趣。

评点 静中之静与动中之静，并非两个静。乐中之乐与苦中之乐，也只是一心之乐。只是对寻常人而言，一动便难以心静，一苦便易于不快。被外物所夺，是因为真心的力量还不够大。

一〇五、舍己毋疑，施恩不报

舍己①毋处其疑②，处其疑，即所舍之志多愧矣；施人毋责其报，责其报，并所施之心俱非矣。

注释

①舍己：牺牲自己或自己的东西。

②处其疑：存犹疑不决之心。

译文

在需要自我牺牲的关键时刻，不应犹豫不决，如果犹豫不决，就会因为与自己的志愿不符而感到惭愧；在施恩惠给他人的时候，不要指望得到回报，如果要人家回报，那原来帮助人的心意就变得面目全非了。

评点

孔子说：『志士仁人，无求生以害仁，有杀身以成仁。』孟子说：『可死可不死，死伤勇。』两者共参，可以得出一个结论，那就是人是否牺牲自己，完全看当时情况该死不该死。该死而不敢死，是胆怯惜命，是害道义；不该死而死，是被血气冲昏头脑，同样有违道义。

一〇六、天机最神，智巧何为

贞士①无心徼②福，天即就其无心处牖其衷；憸人③着意避祸，天即就其着意中夺其魄。可见天之机权最神，人之智巧何益。

注释

①贞士：指志节坚定的人。

②徼：同『邀』。

③憸人：行为不正的人。

译文

志节坚贞的君子没有求福的念头，上天却偏要在他无意的地方来引导他建功立业；邪恶的小人虽然竭力逃避灾祸，上天却偏要在他用心的地方夺走他的生命。可见上天的机变与权衡是最神奇的，相比之下，人类的机巧有什么用呢！

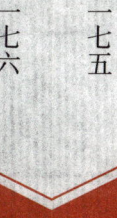

评点

有志于成为君子，不能止于『善有善报，恶有恶报』的思想水平。为求福报而行善，是投资；为免祸而行善，是买保险。须知生而为人，无不以仁义礼智信五常为本性，行善是人类最自然不过的行为了，君子率性而为，可以不问冥冥。天命不佑，仍是坦荡君子；行险侥幸，所以为小人。

一〇七、田看收成，人重晚晴

声妓①晚景从良②，一世之烟花③无碍；贞妇白头失守，半生之清苦俱非。语云：『看人只看后半截。』真良言也。

注释

①声妓：本指古代宫廷和贵族家中的歌舞妓，此指一般妓女。

②从良：古时妓女隶属乐籍（户），被一般人视为贱业。脱离乐籍嫁人，就算是从良。

③烟花：妓女之代称，此指妓女生涯。

译文

妓女以卖身卖笑为业，只要后来能嫁人，以前的妓女生涯就没有妨碍；一生都坚守贞操的妇女，如果老年失去节操，半生守寡的清苦就会付诸东流。俗话说：『要评定一个人的功过得失，主要看他的晚节。』真是一句至理名言呀！

评点

浪子回头，须有过人的力量，自然须刮目相看；贞士白头失守，令人顿足惋惜。人生的后半截的确特别重要。至于所说的贞妇失节，必须深察明辨。贞妇往往有因为真挚的爱情而再婚的，各人遭遇不同，不能用古人的标准简单定论。

一〇八、顺不足喜，逆不足忧

居逆境中，周身皆针砭药石①，砥节砺行而不觉；处顺境中，眼前尽兵刃戈矛，销膏靡骨②而不知。

注释

①针砭药石：泛指治病用的器械药物，此处比喻砥砺人品德气节的良方。

②销膏靡骨：融化脂肪，腐蚀骨头。

译文

生活在逆境中，身边所接触的都犹如医疗用具和药石，品行会在不知不觉中得到磨砺；生活在顺境中，等于面前摆满了刀枪等兵器，身心会在不知不觉中受到腐蚀。

评点

《诗经》云：『他山之石，可以攻玉。』玉的本质是美的，但没有顽石之类与其切磋琢磨，则永远只是璞玉。同样道理，君子与君子相处，可以进益；与小人相处，同样可以动心忍性，增益其所不能。

一〇九、恣势弄权，自取灭亡

生长富贵家中，嗜欲①如猛火，权势似烈焰，若不带些清冷气味，其火焰不至焚人，必将自焚矣。

注释

①嗜欲：嗜好和欲望。

译文

生长在豪富权贵之家的人，嗜好和欲望有如大火，权势有如烈焰；假如不及早清醒，用清冷的心态加以缓和，那猛烈的火焰即使不焚毁别人，也会焚毁自己。

评点

所谓『清冷气味』，是理性和冷静地看待自己、看待身边的一切、看待芸芸众生。看得真明白，则身在富贵之中也不会被富贵绑架，一朝失去富贵也不难放下，这样也就不至于焚毁别人或自我焚毁了。

一一〇、人心一真，金石可镂

人心一真，便霜可飞①，城可陨②，金石可镂③；若伪妄④之人，形骸徒具，真宰⑤已亡，对人则面目可憎，独居则形影自愧。

注释

①霜可飞：比喻人的真诚可以感动上天，而在夏天降霜。《淮南子》：『万事燕王尽忠，左右谮之，王之狱，衍仰天哭泣，天五月为之下霜。』衍，指邹衍。

②城可陨：本来是说城墙可以拆毁崩溃，此处是比喻至诚可感动上天而使城墙崩毁。据《古今注》中卷，『杞植战死，妻叹曰：「上则无父，

中则无夫，下则无子，是人生之至苦。」乃亢声长哭，杞之都城感之而颓。』

陨，崩塌。

③镂：雕刻。

④伪妄：虚妄不实。

⑤真宰：指人的真心，或起主宰作用的正确思想。

译文 人心一达到至诚地步，就可以使上天在盛夏降霜，用哭声倾塌了城墙，连最坚固的金石也可以雕刻。虚伪邪恶的人，只不过是空有人的形体罢了，他的灵魂早已死亡，与人相对，令人觉得面目可憎，一人独处也会因为看到自己的影子而羞愧万分。

评点 这里是讲一个『诚』字，诚，是内心纯粹无邪的状态。内心真诚，不论幸与不幸，人生都充满质感，丰富而真实。内心不诚，则人生失去赤子之心，渐渐如梦寐般失真，不痛不痒、麻木不仁，倘若达到极致，则真可以说是虽生犹死，行尸走肉。

一一一、至文恰好，真人本然

文章做到极处①，无有他奇，只是恰好；人品做到极处，无有他异，只是本然②。

注释 ①极处：最高境界。

②本然：本来应有的样子。

译文 文章写到登峰造极的水平，并没有什么奇特的地方，只是把自己思想感情表达得恰到好处；人的品德修养如果达到炉火纯青的境界，就和平凡人没有什么特殊的区别，只是使自己回归到纯真朴实的本性而已。

评点 苏轼说：『文章本天成，妙手偶得之。』不论文章、音乐、美术、造型艺术，本质上都是对自然之美的一种再现，但再现这个美的妙手，却不经过一番辛苦不能练就。人也是一样，人天性中无不具备至高的道德，只是往往被世风习气昏蔽了，使其不得彰显。人通过修德修身消除劣习，也无非是把本然的性德崭露出来罢了。

一二二、忠恕待人，养德远害

不责人小过，不发人阴私①，不念人旧恶，三者可以养德，亦可以远害。

注释 ①阴私：隐私。

译文 不要责难别人轻微的过错，不要随便揭发个人生活中的隐私，不要对他人过去的坏处耿耿于怀。三者不仅可以用来修养德行，也可以用来避免小人的迫害。

评点

不责人小过是常态，也是忠厚宽仁。但有时候也可以责人小过，譬如教育孩子的时候；不发人阴私是忠厚，但有时候也可以发人阴私，譬如审理案件的时候；不念人旧恶是豁达，但有时候也须念人旧恶，譬如理当复仇的时候。孔子说：『君子之于天下也，无适也，无莫也，义之与比。』法无定法，只看道理该如何。

一一三、德怨两忘，恩仇俱泯

怨因德彰①，故使人德我②，不若德怨之两忘；仇因恩立，故使人知恩，不若恩仇之俱泯③。

注释

①彰：明显。

②德我：对我感恩怀德。

③泯：泯灭。

译文

怨恨会由于行善而更加明显，可见行善并不一定使人都赞美，所以与其让人感恩怀德，不如让人把赞美和埋怨都忘掉；仇恨会由于恩惠产生，可见与其施恩而希望人家感恩图报，不如把恩惠与仇恨两者都消除。

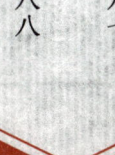

评点

人生于世，倘若不去山中隐居，那么恩怨情仇之类就无法逃避。所患在刻意地施德施恩，倘若如此，反倒容易激发仇怨。庄子说：『相濡以沫，不如相忘于江湖。』随缘而为，毫不刻意，自然德怨两忘，恩仇俱泯。

一一四、勿犯公论，勿谄权门

公平正论不可犯手①，一犯则贻羞万世；权门私窦②不可著脚，一著则玷污终身。

注释

① 犯手：沾手、着手。

② 私窦：后门。

译文

公认的规范不可以触犯，触犯了那你就会遗臭万年；凡是权贵人家营私舞弊的地方千万不可踏进去，走进去了那你一辈子的清白人格就被玷污。

评点

所谓『公平正论』，就是社会舆论，亦即基本道德底线。古代的好名之人往往通过标榜道义来猎取声望，当今的好名之人往往以蔑视道德来哗众取宠，两者都非正道。

一一五、放下屠刀，立地成佛

当怒火欲水正腾沸处，明明知得，又明明犯着。知的是谁，犯的又是谁？此处能猛然转念，邪魔①便

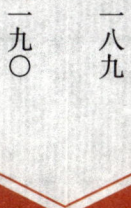

为真君②矣。

注释 ①邪魔：指欲念。

②真君：良知，或作主宰的正确思想。

译文 当怒火上升、欲念翻滚时，虽然他自己也明知这是不对的，可是他双眼睁睁犯着不加控制。知道这种道理的是谁呢？犯的又是谁呢？假如当此紧要关头能够突然改变观念，那么邪魔恶鬼也就会变成慈祥命运的主宰了。

评点 心只有一个，但剖判开来，则『明明知得』的是道心，『明明犯着』的是人心。即便上智之人也不能没有人心，即便下愚的人也不能没有道心。两者夹杂于方寸之间，人要是不知道该怎么对治，则包含天理的道心就不能战胜包含人欲的人心了。对治人心，则唯有使道心没有片刻相离，让道心常为一身之主，使人心完全听命于道心。

一一六、毋偏人言，不持己长

毋偏信而为奸所欺，毋自任①而为气②所使；毋以己之长而形③人之短，毋因己之拙而忌人之能。

注释 ①自任：自用。

②气：一时的意气。

③形：比较。

译文　不要片面听信一面之词，以免为奸诈的人所欺骗；不要过分信任自己的才干，以免受到一时意气的驱使；不要仰仗自己的长处，而去对比人家的短处，尤其不要因为自己的笨拙，而嫉妒他人的才能。

评点　所谓信，是信道理而后信人；所谓偏信，是信人而后信其言。自信在古代不像今天一样是一个褒义词，倒是走向自负的阶梯。须知自信从何处消失，自负就从何处升起。与其自信，不如自知。

一一七、君子之心，雨天过晴

霁①日晴天，倏②变为迅雷震电；疾风怒雨，倏转为朗月晴空。气机③何尝一毫凝滞？太虚④何尝一毫障塞？人之心体，亦当如是。

注释

①霁：雨后转晴。

②倏：迅速，突然。

③气机：事物变化的主宰。

④太虚：广阔无根的虚空。

译文　万里晴空，会突然乌云密布电闪雷鸣；狂风怒吼倾盆大雨之时，会突然转为皓月当空，万里无云。主宰变化的气机什么时候有过丝毫的停止？太虚什么时候发生过丝毫的阻碍？人的心体也应当如此。

评点 自然界有温和的春天，也有肃杀的冬天，有光风霁月，也不乏暴风骤雨，然而却都是化育万物的必要条件。倘若天地之气没有这个起伏变化，春生、夏长、秋收、冬藏之类反而要混乱了。人心也是这样，譬如守着一个仁而不知义，则易流于妇人之仁；守着一个义而不识仁，则易流于冷酷无情，唯有仁义礼智各得其时，方能无病。

一一八、有识有力，私魔无踪

胜私制欲之功，有曰识不早力不及者，有曰识得破忍不过者，盖识是一颗照魔的明珠①，力是一把斩魔的慧剑②，两不可少也。

注释 ①明珠：内外莹澈的夜宝珠，有照物的作用。

②慧剑：比作利剑的智慧。

译文 战胜私情、克制欲望的功夫，有人说是由于没及时发现私欲的害处，或没坚定的意志去控制，有人说虽然能看清物欲的害处，却又受不了物欲的怂恿。所以智慧是识别魔鬼的法宝，而意志则是降伏魔鬼的利剑，两者都是不可缺少的。

评点 有识然后能知，有力然后能行。知而不行，全无作用；行而不知，好似梦游。知与行合一，自然识得早，力能及，忍得过。

一一九、大量能容，不动声色

觉人之诈不形①于言，受人之侮不动于色，此中有无穷意味，亦有无穷受用。

注释 ①形：表露。

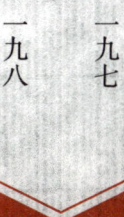

译文 发觉被人家欺骗不要在言谈举止中表露出来，遭受人家侮辱时也不要怒形于色。一个人能够有吃亏忍辱的胸襟，在人生旅程上自会觉得妙处无穷，对前途事业也是一生受用不尽。

评点 『觉人之诈不形于言』处，有君子小人之分。君子的不言，是为人豁达敦厚，或不忍揭短，或不屑破斥；世间的小人，往往也会在发觉受骗的时候故作不知，但这是为了将计就计，或者扮猪吃虎，如此，则自家流于是奸诈之辈了。要严守君子小人的界限才是。

一二〇、困苦穷乏，锻炼身心

横逆困穷①是锻炼豪杰的一副炉锤②，能受其锻炼

则身心交益，不受其锻炼则身心交损。

注释 ①横逆困穷：不顺心的事情或境遇。

②炉锤：洪炉和铁锤，比喻磨练人心性的东西。

译文 横逆困难是锤炼英雄豪杰心性的洪炉和铁锤，接受这种锻炼对形体与精神均有益处，如果承受不了这种恶劣环境的煎熬，那么将来他的肉体和精神都会受到损害。

评点 横，是粗暴；逆，是阻力；困，是难行；穷，是难守。在常人，这四者足以使人身心交损，在豪杰反而身心交益，因为横逆困穷都可以激发其人的斗志。孟子说：『天将降大任于斯人也，必

先苦其心志，劳其筋骨，饿其体肤，空乏其身，行拂乱其所为，所以动心忍性，增益其所不能。』又说：『困于心，衡于虑而后作。』这些话都与此节的意思相通。

一二二、天地缩图，人之父母

吾身一小天地也，使喜怒不愆①，好恶有则，便是燮理②的功夫；天地一大父母也，使民无怨咨③，物无氛疹④，亦是敦睦的气象。

注释 ①愆：过失、错误。

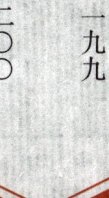

②燮理：调理。

③怨咨：怨恨、叹息。

④氛沴：恶病。

译文 我们的身体就是一个小世界，使高兴或愤怒不过分，喜好或厌恶有一定的准则，这就是调剂阴阳的功夫；大自然是人类的大父母，使每个人都没有牢骚怨尤，万物都免于灾害顺利成长，这也是一种亲善和睦气象。

评点 哲人常说『天人合一』，其实人是不能独立于自然界之外而生存的，天人本一，不必说合。『体统一太极，物物一太极』，天与人的道理是不二的。譬如天有风雨雷电，人有喜怒哀乐。风雨雷电不调和，则万物受害；喜怒哀乐不调和，则身心受损。

一三一、量弘识高，功德日进

德随量进，量由识①长。故欲厚其德，不可不弘②其量③；欲弘其量，不可不大其识。

注释 ①识：见识。

②弘：宽宏。

③量：器量。

【译文】人的品德会随着器量而增进，器量会随着眼界而扩大。所以想要敦厚自己的品德，就不能不使自己器量更加宽宏；要使自己器量宽宏，就不能不扩大自己的眼界。

【评点】『大其识』是宏量进德的根本，所谓『大其识』，正是《大学》所谓格物的功夫。格物，就是由近及远地体察万事万物之理，知道世界之广大、天道之深远、圣贤之精粹，然后心量才能得以扩充，不至于让日常琐屑把心装满。

一二三、人心惟危，道心惟微

一灯萤然①，万籁无声，此吾人初入宴寂时也；晓梦初醒，群动未起，此吾人初出混沌处也。乘此而一念回光，炯然返照，始知耳目口鼻皆桎梏，而情欲嗜好悉机械矣。

【注释】①萤然：形容光亮微弱的像萤火虫一般。

【译文】微弱的灯光，万籁俱寂，这是我们身心刚刚进入休息时；清晨夜梦过后才醒，各种生命还没有开始一天的活动，这是我们刚从朦胧的梦境中出来。乘着这刚刚休息和刚刚睡醒的一刹那，用一念回光返照我们的内心，才知道耳目口鼻都是束缚我们心智的桎梏，情欲嗜好都是拘役我们性灵的枷锁。

评点

这里描述的，正是孟子所谓的『夜气』、邵子所谓的『冬至子之半，天心无改移，一阳初动处，万物未生时』。人在夜间醒来时，每每至为清明，此时内心未尝被欲望和功利扭曲，这就是人心的澄明之气。然而醒来之后，常人之心往往又被功利欲望昏蔽了。能扩充『夜气』，则日常生活中无不清明。

二二四、诸恶莫作，众善奉行

反己①者，触事皆成药石②；尤③人者，动念即是戈矛。一以辟众善之路，一以浚④诸恶之源，相去霄壤矣。

注释

①反己：反省自己。

②药石：治病的东西，引申为规诫他人改过之言。

③尤：埋怨。

④浚：开辟疏通。

译文

经常作自我反省的人，日常接触的事物，都成了修身戒恶的良药；经常怨天尤人的人，只要思想观念一动就像是戈伤人害物。他们一种是开辟善良的正道，一种是输通邪恶的源泉，这两者相去有天壤之别的人生道路。

评点

人气壮，则自然勇敢。反省，则是以道义来克制自己的心气，这是一种更大的勇敢。行事不顺时，许多人不知道反求诸己，反而会舍本逐末地抱怨别人，甚至抱怨社会。譬如西方人失业了，便往往义愤填膺地去抗议总统，这种事大家司空见惯，细思起来，却最多只有一面的道理。

一二五、云去月现，尘拂镜明

水不波则自定，鉴①不翳②则自明。故心无可清，去其混之者而清自现；乐不必寻，去其苦之者而乐自存。

注释

①鉴：镜。

②翳：遮蔽。

译文

没有被风吹起波浪的水面自然是平静的，没有被尘土掩盖的镜子自然是明亮的。所以心灵没有什么可清净的，只要除去心中的浊念，清净就会呈现；乐趣不必刻意追求，只要遣除内心的烦恼，快乐就会呈现。

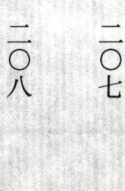

评点　幸福只是一种感觉，能感觉幸福的又只是心灵而已。道理虽然不难理解，但寻求幸福的人却往往舍近求远，不肯长驱直入，譬如宁肯存钱旅游也不欣赏窗外的风光。然而话也须分两头说，有些幸福也是需要辛劳才能得到的，譬如不去努力工作赚钱，如何能保证家庭里的天伦之乐？这种时候，就不消说『幸福就在当下』云云了。

一二六、不能养德，终归末节

节义傲青云①，文章高白雪②，若不以德性陶熔之，终为血气之私③，技能之末。

注释　①青云：比喻身居高位的达官贵人。
②白雪：是古代曲名，比喻稀有的杰作。
③血气之私：个人意气。

译文　哪怕气节和正义可以傲视任何达官贵人，情挚而生动的文章足超过名曲《白雪》，如果不用道德品性来陶冶它们，终究只是意气用事或感情冲动，或微不足道的雕虫小技。

评点　不从德行中流露出来的节义，黑社会也有；不从德性中流露出来的文章，文痞也能作。

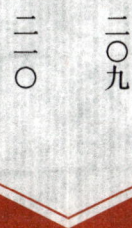

一一七、修身种德，事业之基

德者事业之基，未有基不固而栋宇坚久者；心者，修齐①之根，未有根不植而枝叶荣茂者。

注释

①修齐：修身齐家。身，自己。齐，治理。

译文

品德是一生事业的基础，如同兴建高楼大厦，假如不事先把地基打稳固，就绝对不能建筑坚固耐久的房屋。心是修身齐家的根本，如同栽培树木，假如不把根株培好，就绝对没有枝叶荣茂的可能。

评点

万事万物都须有个基，而这个基又往往是看不见的，所以往往被人所忽视。天道是宇宙的基础，但天道不可见；德行是人生的基础，但德性不可见。再如武士的武功之惊人、歌手的唱功之深厚，都是以背后的辛勤为基础的。

一一八、善根暗长，恶损潜消

为善不见其益，如草里东瓜①，自应暗长；为恶不见其损，如庭前春雪，当必潜消。

注释

①东瓜：即冬瓜。

译文

做善事表面上看不出有什么好处，就像一个长在草丛中的冬瓜，自然会在暗中一天天长大；作坏事看不出有什么坏处，就像春天积在庭前的雪，必然隐隐地日渐消失。

评点 正如《中庸》所说：『君子之道，黯然而日彰；小人之道，的然而日亡。』

一二九、学贵有恒，道在悟真

凭意兴作为者，随作则随止，岂是不退之轮①？从情识解悟者，有悟则有迷，终非常明之灯。

注释 ①轮：车轮。

译文 凭一时感情冲动和兴致去做事的人，等到热度和兴致一过，事情就会停顿下来，哪里是精进不退的做法？用识心去领悟真理的人，总是有领悟的地方也有迷惑的地方，终究不是常明的智慧之灯。

评点 一时兴起而做事，少有能长久的，因为兴致有起则必有落，当兴致没了，那么尚未做成的事就难以为继了。做任何事，贵在了解其合理性与必要性，明白其事的确是重大与美好的，然后能不失兴致。失去兴致而靠『坚持』来继续时，实际上就已经离放弃不远了。

一三〇、为奇不异，求清不激

能脱俗便是奇，作意尚奇①者，不为奇而为异；

不合污便是清，绝俗求清者，不为清而为激。

【注释】①尚奇：崇尚奇异。

【译文】能摆脱世俗污染的人就是奇人，那种刻意标新立异的做法，不是奇而是怪异；不同流合污就算是清高，为了表示自己清高而就和世人断绝来往，那不是清高而是偏激。

【评点】这一节令人想到当今世上一些哗众取宠的人。比如为官不肯严以律己，踏实地工作，却刻意标榜廉洁爱民把自己的工资送给困难户；文艺界大搞光怪陆离的现代主义、行为艺术，甚至动辄穿越时空，令人惊骇咋舌。这些作意尚奇的作法，除表明他们的虚伪造作之外，还能表明什么？

一三二、心虚意净，明心见性

心虚①则性现，不息心而求见性，如拨波觅月；意净则心清，不了意而求明心，如素镜增尘。

【注释】①心虚：心中没有杂念。

【译文】内心了无一丝杂念，人的善良本性才会呈现；心神不宁而明心见性，就像拨开水波找月亮一般，越拨越找不到；意念净除后心中自然清明，不自净其意而求明心见性，就像使本来光明的镜子又增加灰尘一样。

评点 明心见性是修道的根本目的之一，是从凡夫到圣人的标志。要明心见性，必须心体虚旷，意根清净，这样本性自会现前，否则只能被障住。意根是执着的根本，意根不净心就不虚，所以下手处在于自净其意。

一三二、天体心体，不一不异

心体便是天体①，一念之喜，景星②庆云③；一念之怒，震雷暴雨；一念之慈，和风甘露④；一念之严，烈日秋霜，何者少得？只要随起随灭，廓然⑤无碍，便与太虚⑥同体。

注释

①天体：天空中星辰的总称，可解释成天心或宇宙精神的本原。

②景星：代表祥瑞的星名。

③庆云：又名卿云或景云，是象征祥瑞的云层。

④甘露：甘美的露水，祥瑞的象征。

⑤廓然：广大的样子。

⑥太虚：泛称天地。

译文

人的心体就是天体，一念间的喜悦，如同自然界有景星庆云的祥瑞之气；一念间的恼怒，如同自然界有雷电风雨的暴戾之气；一念间的

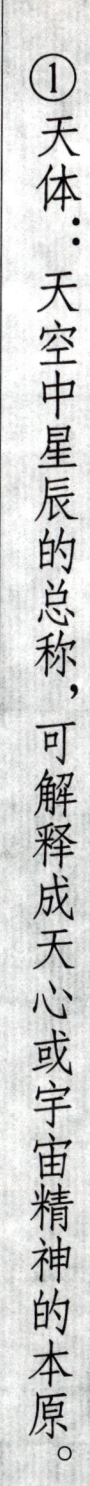

慈悲，如同自然界有和风甘霖的生生之气；一念间的冷酷，如同自然界有秋霜冬雪的肃杀之气。喜怒哀乐哪里能够缺少呢？只要念头随起随灭，无碍于空明的心体，人心就和天地同为一体。

评点 大自然的变化和人类身心的变化有很多相通相类的地方，但确实说来，人心与天地果真有主客观的区别吗？回答是否定的。宋儒陆九渊说：『吾心即是宇宙，宇宙即是吾心。』佛家说心不在心，不在外，不在中间，而是其大无外，其小无内的。所以儒家主张与万物同体，仁民爱物。

一三三、浑然和气，立身之宝

标节义者，必以节义受谤；榜道学①者，常因道学招尤。故君子不近恶事，亦不立善名，只浑然和气②，才是居身之珍。

注释 ①道学：宋儒治学以道为本，以义理为主，因此这种理学也就是『道学』。

②浑然和气：一团浑厚平和之气。

译文 标榜节义的人，必然因为节义而遭受毁谤；标榜道学的人，经常因为道学而招致人们的攻击。因此一个君子平日既不接近坏人做坏事，也不标新立异建立声誉，只是一团浑厚平和气象，这才是立身处世的无价之宝。

评点

人们讨厌假道学、伪君子，是因为他们把道学和君子的风范作为追名逐利的手段，类似于一面做贼一面即自我标榜为好人。做人要诚实无欺，不可自我标榜吹嘘。真理无关于巧言，仁义道德更非口说可及，而是从艰苦的自我修养中来。『无善无恶心之体』，其中只有一团浑厚平和之气，有什么可标榜的呢？

一三四、和气祥瑞，寸心洁白

一念慈祥，可以酝酿两间和气①；寸心洁白，可以昭垂②百代清芬。

注释

①两间和气：天地间的融和之气。

②昭垂：昭示、流传。

译文

一念之间的慈祥，可以创造人际的和平之气；心地纯洁清白，可以使美名千古流传。

评点

人在社会关系中生活，每个念头都可能影响到别人。一个慈祥的念头会使人我之间如沐春风，一团和气；一个冷酷的念头会像陡降的霜雪一样，使彼此都受到伤害。不过，假如面对的是恶人恶事，则慈祥不能滥用，应代之以严正。不但为官要清正廉明，铁面无私，日常修身也须从一点一滴做起，保持寸心洁白无染，像元代诗人王冕的诗中所写的那样：『不要人夸好颜色，只留清气满乾坤。』

一三五、心体莹然，不失本真

夸逞①功业，炫耀文章，皆是靠外物作人。不知心体莹然②，本来不失，即无寸功只字，亦自有堂堂正正作人处。

注释

①夸逞：吹嘘炫耀。

②莹然：晶莹的样子。

译文

夸赞自己的功业，炫耀自己的文章，这都是仗恃外物来做人，而不知人人的心体都像美玉一样内外莹澈，从来也没有丧失，即使没留下半点功勋、片纸的文章，也自有堂堂正正地做人的内在根据。

评点

功业啊，文章啊，做人哪里是靠这些外在因素的事？靠外在因素只能装饰人的外表，与人的内在修养毫不相干。心体本真，本善本明，能起一切妙用，成一切功德。从天子到普通人，一概以修身为本。一个人只要有志于此，肯下切实的功夫，堂堂正正做人，即使没有功业文章等外在装饰，也可以与天地并立为三。

一三六、清浊并包，善恶兼容

持身不可太皎洁①，一切污辱垢秽要茹纳②得；与人不可太分明，一切善恶贤愚要包容得。

注释

①皎洁：光明而纯洁。

②茹纳：接受、容忍。

译文

立身处世不可自命清高，对于一切羞辱、脏污都要容忍得下；与人相处不可善恶过于分明，不管是好人还是坏人、聪明人还是愚笨的人，都要包容得下。

评点

这方面，古人有很多名言值得借鉴，如：『皎皎者易污』、『水至清则无鱼，人至察则无徒』等。即使错误的、污秽的、邪恶的东西，既然出现了，也就自有它们出现的理由，何必区分太严呢？孔子说：『三人行，必有我师焉，择其善者而从之，其不善者而改之。』这才是平和而周到的说法。

一三七、疾病易医，魔障难除

纵欲之病可医，而势利之病①难医；事物之障可除，而义理之障①难除。

注释

①势利之病：追逐权势和利益的毛病。

②义理之障：道理造成的障碍。即佛教所谓『所知障』。

译文

放纵情欲的毛病还有治好的可能，势利小人的毛病却很难医治；事物的障碍可以克服，在义理方面的障碍却很难克服。

评点

义理本是我们要掌握的东西，为什么也能成障？因为义理有正确的，也有错误的。那些错误的见解，或者是执着过分的见解不但妨碍正确的认识，也妨碍对心性的体悟，所以为障。王阳明有句名言：『去山中贼易，去心中贼难。』最难除的心中之贼不是纵欲，也不是势利，而是义理之障。

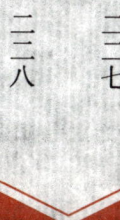

一三八、行戒高绝，性忌褊急

山之高峻处无木，而溪谷回环则草木丛生；水之湍急处无鱼，而渊潭停蓄①则鱼鳖聚集。止高绝之行，忌褊急之衷②，君子重有戒焉。

注释

①渊潭停蓄：深潭中的水平静不流。

②褊急之衷：狭隘到极端的心理。

译文

高耸云霄的山峰地带不长树木，只有溪谷环绕的地方才有各种花草树木的生长；水流特别湍急的地方无鱼虾栖息，只有水深而且宁静的湖泊鱼鳖才能大量繁殖。停止过高的行持，改正褊急的性格，君子在戒方面特别着力。

评点 《周易·文言》说：『即使庸常的言论也要诚信，即使庸常的行为也要谨慎。闲防邪念，存养诚心，有益于世人而不自夸，德行广博而感化天下。』这就是《周易》所谓『见龙在田利见大人』。伟大寓于平凡，才德见于微细，自命清高、标奇立异都是君子所不取的。

一三九、过满则溢，过刚则折

居盈满者，如水之将溢未溢，切忌再加一滴；处危急者，如木之将折未折，切忌再加一搦①。

注释 ①搦：压抑。

译文 生活于幸福的美满环境中，像是装满的水缸将要溢出，千万不能再增加一点点，以免流出来；生活在危险急迫的环境中，就像快要折断的树木，千万不能再施加一点压力，以免折断。

评点 物极必反、否极泰来是人人都知道的道理，可是在生活中却往往『身后有余忘缩手，眼前无路想回头』，或者总是抱有侥幸心理，觉得增加或减少都不差一分半分。岂知到了关键的时候，很可能因为增加一羽而翻车，因为减少一羽而保全，但到这时已经没有什么余地了。所以，最好是预先想到这两个极端的危险，并一点一滴地防止。

一四〇、责人宜宽，责己宜苛

责人者，原①无过于有过之中，则情平；责②己者，求有过于无过之内，则德进。

注释

①原：宽恕，原谅。

②责：期望。

译文

对待别人，对方虽然有过错，却要像没有过错一样原谅他，这样才会心平气和；要求自己，应该即使没有过错，也要像有过错一样找差距，这样才能使自己的品德进步。

评点

有人说『责人易，责己难』，从这一节看，其实责人责己都不容易。责人之难在宽厚。人谁无过，能改就好，如果过于挑剔，不仅不会有好的效果，自己也有失宽厚。责己之难在严正。『见人之过易，见己之过难』，要在力求不犯错误的同时，把别人的过错引以为戒，像曾子那样每天多次地自我反省，并从点滴做起，防微杜渐才好。

一四一、不忧患难，不畏权豪

君子处患难而不忧，当宴游而惕虑①；遇权豪而不惧，对茕独②而惊心。

注释

①惕虑：警惕忧虑。

②茕独：孤苦伶仃的意思。茕指没有兄弟，独是没有子孙。

译文

君子虽然在患难中，但不会为此忧虑，可是安乐悠游的时候却很警惕忧虑；即使遇到豪强权贵也毫不畏惧，但是遇到孤苦无依的人却常常触目惊心。

评点

君子的心只有一个，却随时表现出不同的美德，就像水的随物赋形。所以老子说上善若水，有利于万物而不争，类似于道。

一四二、静中真境，淡中本然

风恬浪静①中，见人生之真境；味淡声稀②处，识心体之本然。

注释

①风恬浪静：比喻平静的生活。

②味淡声稀：自甘淡泊，不沉迷于美食声色。

译文 在宁静平淡的环境中，才能发现人生的真正境界；在粗茶淡饭的清贫生活中，才能识得自己的本来心体。

评点 一般来说，惊涛骇浪般的生活中能激发人的斗志，也使人无暇体察内心的境界，只有在风平浪静的时候，才便于修养自己的内心。所以《庄子·缮性》有『恬以养志』的名言，诸葛亮说『淡泊以明志，宁静而致远』，宋儒主张『主静』，都是强调在宁静中修炼身心，以达到返朴归真的境界。

一四三、静现本体，水清影明

听静夜之钟声，唤醒梦中之梦①；观澄潭之月影，窥见身外之身②。

注释

①梦中之梦：是比喻人生就是一场大梦，一切吉凶祸福更是梦中之梦。

②身外之身：前一个『身』是肉身，后一个『身』指万物。万物是依法身即佛性随缘化现而有，相对于肉体这个业报身而称化身。

译文 夜阑人静听到远远传来钟声，可以惊醒人们虚妄中的梦幻；从清澈的潭水中观察明亮的月夜倒影，可以发现我们身体以外的身体。

评点　这一节颇有禅机。人生本是一场大梦，而荣华富贵更是梦中之梦。当夜半钟声传来的时候，很容易觉破它们而证得法身。这时再看一切事物，都是佛性的影子，就像澄潭月影一样。这些影子因为是佛性的显现，故也是法身；就肉身来说，因为它们在自己之外，所以叫身外之身。

一四四、极端空寂，过犹不及

寒灯无焰，敝裘无温，总是播弄①光景；身如槁木，心似死灰，不免堕在顽空。

注释　①播弄：玩弄。

译文　微弱的灯光燃不起火焰，破旧的大衣不产生温暖，这都是弄人的现象；肉身像是干枯的树木，心灵犹如燃尽的死灰，这种人必然陷入冥顽的虚空。

评点　这是批评在修行过程中落入顽空而不起妙用的错误。修行成佛，是要成个妙用无边、生动活泼、有益于人的活佛，而不是坐在那里变成土木金石。如果那样，对外界无知无觉，于内心空虚至极，与死人何异？还修炼什么呢！

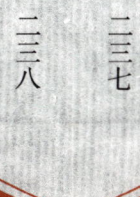

一四五、栽花种竹，心境无我

损之又损①，栽花种竹，尽交还乌有先生②；忘无可忘，焚香煮茗，总不问白衣童子③。

注释

①损之又损：不断减少。

②乌有先生：典出《子虚赋》，其中子虚、乌有先生、亡是各个名字都是没有的意思，是空无的象征。

③不问白衣童子：据《续晋阳秋》『陶潜常于九月九无酒于宅东篱之下，菊丛之中摘菊盈把，坐于其侧，未几，望见白衣人至，乃为王弘送酒，即便就酌，醉而后归。』所谓『不问白衣童子』是说并不问送酒的白衣人是何许人，比喻已经进入忘却人我的状态。

译文

物质的欲望要减少到最低限度，每天种些花栽些竹，把世间烦恼者交还乌有先生；脑海中了无烦恼没有什么可以忘记的东西，每天都面对着佛坛烧香提水烹茶，不问白衣童子为谁送酒而进入忘我境界。

评点

修道减损又减损，连栽花种竹之类所谓雅事也一齐放下，这样才便于达到真空和无为。但减损到极处，是要连空也空掉、连无为也不为的，所以真空并不是什么都没有，而是即空即有，即真空妙有。无为并不是什么都不做，而是在没有任何造作的前提下做一切有益的事情。

一四六、消些幻业①，增长道心②

色欲火炽，而一念及病时，便兴似寒灰；名利饴甘，而一想到死地，便味如嚼蜡。故人常忧死虑病，亦可消幻业而长道心。

注释

①幻业：虚幻的业。一切善恶思想行为，都叫做业，如好的思想好的行为叫做善业，坏的思想坏的行为却叫做恶业。

②道心：指发于本性或天理的心。

译文

色欲像烈火一样燃烧起来时，只要想一想生病的痛苦，烈火就会变得像一堆冷灰；功名利禄像蜂蜜一般甘美时，只要想一想死地的情景，名位财富就会像嚼蜡一般无味。所以一个人要经常思虑疾病和死亡，这样也可以消除些罪恶而增长一些进德修业之心。

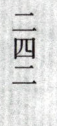

评点

人有欲望本是正常的，只是不能放纵。色欲过感则伤身，名利权势欲过重会伤害身心灵。孔子说年少时戒在色欲，壮年戒在斗勇，老年戒在贪财，就是为此。圣人在血气上与普通人没有什么两样，不同处在于志气。有修养的人充养他的志气，达到至大至刚，充塞天地，不会为血气所冲动，所以不但寿命长，德行也高。

一四七、涉世出世，尽心了心

出世之道即在涉世中，不必绝人以逃世；了心之功即在尽心①内，不必绝欲以灰心。

注释

①尽心：竭尽心意。

译文

超脱凡尘俗世的方法，应在人世间的磨练中，根本不必离君索居与世隔绝；要想完全明了智慧的功用，应在贡献智慧的时刻去领悟，根本不必断绝一切欲望，使心情犹如死灰一般寂然不动。

评点

出世出到哪里？岂不还在人间？在人间就不能不涉世、不尽心，所以六祖惠能大师说：『佛法在世间，不离世间觉，离世求菩提，犹如求兔角。』兔子没有角，故修行也出世间。

一四八、云中世界，静里乾坤

竹篱下忽闻犬吠鸡鸣，恍似云中世界①；芸窗②中雅听蝉吟鸦噪，方知静里乾坤。

注释

①云中世界：形容自由自在的快乐世界。

②芸窗：芸是古人藏书避毒常用的一种香草，故借芸窗以称书房。

译文 在竹篱笆外，忽然听到鸡鸣狗叫，宛如置身于一个虚无缥渺的神话世界中；在书房里，静听到蝉鸣鸦叫，才体会到宁静中别有一番天地。

评点 几声『犬吠鸡鸣』惊醒了竹篱下的隐士，这是从无我境界进入有我境界的契机。『蝉吟鸦噪』反衬出芸窗中的宁静，这是从有我境界回到无我境界的玄机。有我就有人我是非，就是俗人俗世；无我才无人我是非，才是仙人仙境。

一四九、像由心生，像随心灭

机动①的，弓影疑为蛇蝎②，寝石③视为伏虎，此中浑④是杀气；念息的，石虎⑤可作海鸥，蛙声可当鼓吹，触处俱见真机。

注释

①机动：狡诈多变。

②弓影疑为蛇蝎：由于心有所猜疑而迷乱了神经，误把杯中映出的弓影当作蛇蝎。

③寝石：卧石。

④浑：都，全部。

⑤石虎：十六国时后赵高祖石勒的弟弟，生性凶暴。据《辞海》：『晋后赵言石勒从弟，字季龙，骁勇绝伦，酷虐嗜杀。勒卒，子弘立，以虎为丞相，

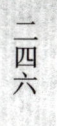

封魏王。旋虎杀弘自立，称大赵天王，复称帝。徙居邺，赋重役繁，民不堪命，立十五年卒。』

译文 好用心机的人，杯中的弓影会误认为蛇蝎，横卧的石头会当成老虎，这里面充满了杀气；念头平息的人，即使石虎那样的人也能感化得像海鸥一般温顺，即使聒噪的蛙声也能当作悦耳的乐曲，到处都能体会到真正的机趣。

评点 人在与人互相猜忌，疑心生暗鬼，以至无事自扰的时候，细想起来，里面都是杀机，这是非常可怕的。反之，只要修养到率性而为，不再妄动念头的境界，那就再暴虐的人、再凶猛的动物，也会感化得温顺友好起来。这样才能到处体会到天地间的真机和真趣。

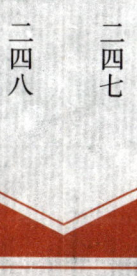

一五〇、梦幻空华，真如之月

发落齿疏，任幻形①之凋谢；鸟吟花开，识自性之真如②。

注释 ①幻形：佛教认为人的躯体是地、水、火、风假合而成，无实如幻，故称。

②真如：佛家语，指永恒不变的真理。《唯识论》中有『真为真实，显非虚妄，如谓如常，表面变易。谓此真实于一切法，常如其性，故曰真如。』

译文 头发掉落，牙齿稀疏，当事者应该任凭虚幻的形体衰败；小鸟唱歌，鲜花盛开，看见者应该识得自己的本性这个真如。

评点 对生老病死不必在意，而应该从中体会人生世事的无常；一切有形的事物又都是佛性的显现，所以对鸟吟花开等美好的境界也不要执着，而应该从中体会自己的本来面目。这就是《金刚经》所谓『凡所有相，绋是虚妄，若见诸相非相，即见如来』。

一五一、烦恼因我，嗜好由心

世人只缘认得『我』字太真，故多种种嗜好，种种烦恼。前人云：『不复知有我，安知物为贵？』又云：『知身不是我，烦恼更何侵？』真破的①之言也。

注释 ①破的：本指箭射中目标，喻说话恰当。

译文 只因世人把自我看得太重，所以才会产生种种嗜好种种烦恼。古人说：『假如已经不再知道有我的存在，又如何能知道物的可贵呢？』又说『能明白连身体也在幻化中，一切都不是我所能掌握所能拥有，那世间还有什么烦恼能侵害我呢？』这真是至理名言。

评点 『我』字是一切烦恼的根本。有我就有我的需要，就有种种嗜好和烦恼，就有人我之间的种种是非和对这些是非的执着，于是烦恼之上增烦恼，麻烦之上加麻烦。要想斩断一切烦恼，就要斩草要除根，从破除『我』字下手。

一五二、以失意思，制伏意念

自老视少，可以消奔驰角逐①之心；自瘁②视荣，可以绝纷华靡丽之念。

注释 ①奔驰角逐：指拚命争夺利益。

②瘁：毁败。

译文 从老年回过头来看少年时代的往事，就可以消除很多争强斗胜的心理；能从没落后再回头去看荣华富贵，就可以消除奢侈豪华的念头。

评点 年轻时自恃血气方刚，追名逐利，不知休止，老年或病中回顾起来，往往有曾经沧海难为水之叹。既然如此，为什么不在年轻时就想到年老时，在健壮时就想到病苦时？同样，一件事情总有它的因果，造因的时候不知休止，受报的时候却后悔不迭。既然如此，为什么不在造因时就想到后果？

一五三、世态变化，万事达观

人情世态，倏忽①万端，不宜认得太真。尧夫②云：

『昔日所云我，而今却是伊，不知今日我，又属后来谁？』人常作是观，便可解却胸中葛③矣。

注释

①倏忽：极微不足道的时间。

②尧夫：邵雍，字尧夫，谥康节，北宋哲学家，著有《皇极经世书》等。

③葛：结，牵挂，牵系。鲍照《芜城赋》有：『荒葛涂。』

译文

人情冷暖世态炎凉，错综复杂而又瞬息万变，所以不要太认真。宋儒邵雍说：『以前所说的我，如今却是他；不知道今天的我，后来又变成什么人？』一个人假如能经常抱这种看法，就可解除心中的一切烦恼。

评点

世事无常，人情冷暖，如果把这些看得太真，那深陷其中而永无了期了。只有在世事的无常变化面前保持纯真无瑕的心性，人间才能充满欢乐与美好。邵尧夫的诗是说，人们所认为的『我』本身就是虚幻的，还有什么事情值得认真？

一五四、流水落花，心中常静

古德云：『竹影扫阶尘不动，月轮穿沼水无痕①。』吾儒云：『水流任急境常静，花落虽频意自闲。』人常持此意，以应事接物，身心何等自在！

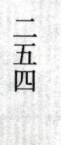

注释 ①竹影扫阶尘不动，月轮穿沼水无痕：唐代雪峰和尚的上堂语。

译文 古人说：『竹影虽然在台阶上掠过，可是地上的尘土并不因此而飞动；月亮虽然穿过池水并映现在水中，却没在水面上留下痕迹。』儒者说：『不论水流如何急湍，眼前的境界却一直静的；花瓣虽然纷纷凋落，我心中却仍然保持悠闲。』人能抱持着这种处世态度来待人接物，他的身心该有多么自由自在！

评点 从所引的四句诗看，无论为儒为佛，都要心中安闲恬静，不为纷繁的外事外物所扰。这是一种有的境界、动中功夫。无的境界、静中功夫比较容易，而有的境界、动中功夫却很难，不经过一番扎实刻苦的修为，如何谈得到『常持此意应事接物』和身心自在？

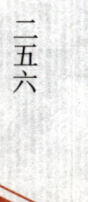

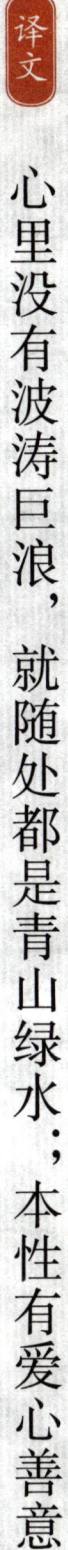

一五五、心地平静，青山绿水

心地上无风涛，随在皆青山绿水；性天中有化育①，触处见鱼跃鸢飞。

注释 ①化育：本指自然界生成万物，此处指先天善良的德性。据《礼记·中庸》：『能尽物之性，可以赞天地之化育。』

译文 心里没有波涛巨浪，就随处都是青山绿水；本性有爱心善意，就到处都像鱼游水中、鸟飞空中那样自由自在。

评点 古人认为修道有三个境界：一、见山是山，见水是水；二、见山不是山，见水不是水；三、见山还是山，见水还是水。这三个境界体现了从肯定到否定，再到否定之否定的过程。本节既讲心性又讲化育，不离青山绿水、鸢飞鱼跃，属于第三个境界。

一五六、处世忘世，超物乐天

鱼得水逝①而相忘乎水，鸟乘风飞而不知有风。识此可以超物累，可以乐天机。

注释 ①逝：行、游。

译文 鱼有水才能优哉游哉，却忘了自己置身于水中，鸟借风力才能自由自在翱翔，但是它们却不知道自己置身在风中。人如果能看清这个道理，就可以超越于物欲的牵累之外，获得人生的真正乐趣。

评点 所谓『识此』，是要我们识得自己的本性这个真圣真佛。本性不在别处，我们的一切视听言行，无非是它的作用，只是『百姓日用而不知』罢了。我们识得它之后，也不能执着于它，还要相忘于它，就像鱼忘了水、鸟不知风一样。到那时才能真正地『超物累』、

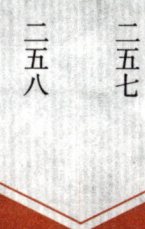

『乐天机』。

一五七、求心内佛，做了道人

才就筏①便思舍筏，方是太平道人②；若骑驴又复觅驴，终为不了禅师③。

注释

①筏：一种竹制的渡河工具。

②太平道人：指不为事物所牵挂而已悟道的人。

③不了禅师：尚未开悟的和尚。

译文

刚跳上竹筏，就要想到过了河就舍去竹筏，才是不为外物所累的道人；假如骑着驴又到处找驴，那就最终是个不能悟道更不能了道的禅师。

评点

渡河要用筏，如果执而不舍，不肯上岸，就到不了彼岸。这是比喻修道要用法，但不能执着于法，否则无法成就。骑驴觅驴所比喻的以自性寻觅自性，就是显著的例子。道是不可以片刻离开的，可以离开就不是道了，所以骑驴不用找驴。如果还在找，那就是没见道，所以是不了禅师。

一五八、彻见真性，自达圣境

羁锁①于物欲，觉吾生之可哀；夷犹②于性真，觉吾生之可乐。知其可哀，则尘情立破；知其可乐，则圣境自臻③。

注释

① 羁锁：束缚。

② 夷犹：留连。

③ 臻：到达。

译文

被物欲困扰的人，总觉得自己的生命很悲哀；留连于纯本性真的人，总觉得生命的可爱。明白了受物欲困扰的悲哀，世俗的情怀可以立刻消除；明白了留恋于纯真本性的快乐，圣贤的境界就会自然达到。

评点

了解羁锁于物欲的可哀和留连于性体的可乐，是破凡情、入圣道的真机。没有这个作基础，就不容易看破红尘，修道就难以意志坚定、勇猛精进。所以修道并不一定越早越好，倒是那些看惯了秋月春风的人，往往一入道就坚定不移、精进不懈，并因而迅速成就。

一六〇、欲望尊卑，贪争无二

烈士①让千乘，贪夫争一文，人品星渊②也，而好名不殊好利；天子营家国，乞人号饔飧③，分位霄壤④也，而焦⑤思何异焦声。

注释

①烈士：重视道义节操的人。

②星渊：形容差别极大。星是高挂在天空，渊是深潭。

③饔飧：泛指食物。

④霄壤：比喻相差极远。霄是天，壤是地。

⑤焦：苦。

译文

重道义的人能把千乘的国家拱手让人，贪婪的人连一文钱也要争抢，两者的品德真是有天渊的差别，但是喜欢沽名钓誉和贪得无厌在本质上并没什么不同；当皇帝要治理国家，当乞丐要出门讨饭，两者的地位有霄壤的差别，然而当皇帝的忧愁焦虑和当乞丐的哀声乞讨，其痛苦情形有什么不同呢？

评点

人们的地位和贫富虽然不同，面临的事情也不一样，但终日为忧思忙碌却是一样的。好名之人跟好利之人相比，好名之人的素质似乎较高，但本质上完全相同。所以《大学》说从天子到普通人，全都以修身为本。不修身而想在道德和事业上取得大的成就，那就像树根坏死而指望枝繁叶茂一样。

一六一、彻见自性，不必谈禅

性天澄澈，即饥餐渴饮，无非康济①身心；心地沉迷，纵谈禅演偈②，总是播弄精魂。

注释

①康济：本指安民济众，此处作增进健康讲。据《书经·蔡仲之命》：『康济小民。』

②演偈：作偈颂。偈，梵语伽佗，又译为『颂』，有一定字数，四句为一节，类似诗。

译文

本性纯真清明的人，饿了吃渴了喝，无非是保养身心；心地沉迷物欲的人，即使整天讨论佛经，谈论禅理，也不过是在玩弄自己的神魂罢了。

评点

一个品格高尚的人，即使身在红尘，求衣求食，甚至求名求利，也同样清净高尚；反之，即使身居陋室，高谈佛道，也是庸俗卑下的。所以人品和境界的高低主要不在于做什么，而在于怎么做，以什么样的心态去做。

一六二、操持身心，收放自如

白氏①云：『不如放身心，冥然任天道。』晁氏②云：『不如收身心，凝然归寂定③。』放者流为猖狂，收者入于枯寂，唯善操身心者把柄在手，收放自如。

注释

①白氏：白居易，字乐天，唐代著名诗人。

②晁氏：晁补之，字无咎，宋代人，善于书，因慕陶渊明而修归来园，自号归来子。

③寂定：断除妄念而入禅定的状态。

译文

白居易的诗说：『不如放开身心，一切听凭天意。』晁补之的诗说：『不如收敛身心，像凝固了一样寂然入定。』放开身心的人容易流于狂放，收敛身心的人容易枯槁死寂，只有善于操持身心的人才能把握在手，达到收放自如的境界。

评点

不放开身心就不能任从天道，不收敛身心就不能归于寂定。放开不是放纵，而是心有主宰，不为境界所转，否则就会流于猖狂；收敛不是拘泥于小节，而是超然物外，否则就会流于枯寂。如何做到收放自如，一般人很难把握，只有见道的圣贤才能应付裕如。

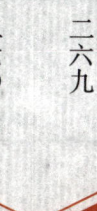

一六三、自然人心，融和一体

当雪夜月天，心境便尔澄澈；遇春风和气，意界①亦自冲融。造化②人心，混合无间。

注释

①意界：心意的境界。

②造化：大自然的创造和演化。

译文

在雪花飘落的月夜，心境就会那样清朗明澈；遇到春风与温和之气，意中也自然平和恬淡。大自然和人的心灵是浑然一体的。

评点

这一节要我们善于从境界与人心的一致处，享受『造化人心，混合无间』的境界，体会天人合一的道理。境界与人心非一非二，

俗人见它们为二，圣贤见它们是为一。见它们为二，就时时为外境所牵缠，而不得自在；见它们为一，就浑然与万物同体，所以心境冲融澄澈，悠然自得。

一六四、形影皆去，心境皆空

理①寂则事寂，遣事②执理者，似去影留形；心空则境空，去境存心者，如聚膻却蚋。

注释

①理：理体，即心体、真如、佛性。

②遣事：排除事物。

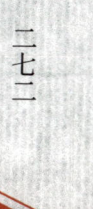

译文

心体是空，事物也就空，排除事物而执着于心体的人，就像排除影子却留下形体那样不通；内心空环境也就空，排除环境的干扰而想保留内心空的人，就像聚集膻味东西却想排除蚊蝇一样愚蠢。

评点

理是事的实质，事是理的显相，理与事不完全是两个东西，即《心经》所谓『色不异空，空不异色，色即是空，空即是色』。理是真空，纤尘不染；事是妙有，虽有还空。所以既不要怕落空，也无须遣事。如果还有所怕，说明已经住有；还有所遣，说明没能真空。两者都在缠缚中。

一六五、本真即佛，何待观心

心无其心①，何有于观？释氏曰观心者，重增其障；物本一物，何待于齐？庄生曰齐物②者，自剖其同③。

注释

①心无其心：心中没有任何念头的状态。

②齐物：对事物一体同观。

③剖其同：分割本来相同的事物。

译文

心中假如没有念头，哪里会有观？在这种情况下，佛教所说的观心，又增加了修行的障碍；天地万物本来一体，又何必划一平等呢？庄子所说的消除物我界限，等于分割了本来属于一体的东西。

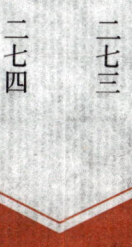

评点 在心中没有任何念头却了了分明的情况下，就不用再观心了，因为那了了分明的就是本心，而作观又要动念，多此一举反增障碍。齐物与观心同一功用，都是为了使本性现前。本性现前时无人无我，因为或者虚空粉碎、大地平沉，或者已经与万物同体不分。所以如果达到了浑然与万物同体的境界，也就不用齐物了，再讲齐物就等于把一体分解开来。

一六六、勿待兴尽，适可而止

笙歌正浓处，便自拂衣长往，羡达人撒手悬崖；更漏已残①时，犹然夜行不休，笑俗士沉身若海。

注释 ①更漏已残：夜已深沉的时候。古代计时将一夜分为五更，漏是古代用来计时的仪器。

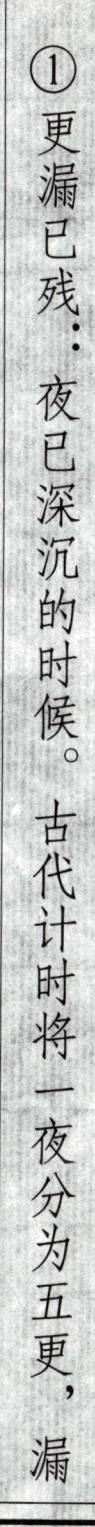

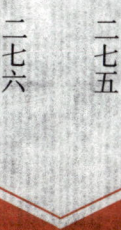

译文 在歌舞盛宴达到高潮的时候，毅然独自整理衣衫，毫不留恋地离开，这种通达的人，实在令人羡慕；夜深人静仍然忙着应酬的人，已经陷入无边痛苦而不自觉，说来真是可笑。

评点 『花要半开，酒要半醉。』无论享乐还是做事，都要适可而止，恰到好处。但笙歌正浓处放得下，一去不回，等于悬崖勒马，非真英雄不可。相比之下，那直到深夜还在奔忙的人，岂非已经身陷苦海，而精神境界又很低下？

一六七、修行绝尘，悟道涉俗

把握未定①，宜绝迹尘嚣，使此心不见可欲而不乱，以澄悟②吾静体③；操持即坚，又当混迹风尘④，使此心见可欲而亦不乱，以养吾圆机⑤。

注释

①把握未定：意志不坚，自控能力不够。

②澄悟：静悟。澄，形容水清而静。

③静体：指寂静的本性。

④风尘：风中扬起的灰尘，比喻扰攘的人世。

⑤圆机：冲融圆满的枢机。

译文

在把握自己的力量还不足时，应远离红尘的喧嚣，让自己看不见可欲之物，不至于迷乱，用以领悟自己本来清明宁静的心体；到把握自己的力量足够时，又应该混迹在红尘的喧嚣中，使自己看物质的诱惑也不会迷乱，借以培养自己圆融无碍的灵机。

评点

这是说出世修行与入世磨炼，是适应不同修道阶段的方法。在把握不住自己以前，以远离尘嚣为上，这样可以『不见可欲，使心不乱』，有利于专心精进。在能把握住自己以后，则应该到尘嚣中去磨炼，使自己的心在各种诱惑面前仍保持不乱，这样才能圆满道行。千万不要把这两个阶段的方法用反了！

一六八、人我一视，动静两忘

喜寂厌喧者，往往避人以求静，不知意在无人，便成我相①。心着于静，便是动根②，如何到得人我一视③、动静两忘的境界？

注释

①我相：佛家语，是佛教四相之一，即关于我的妄想。

②动根：动的根源。

③人我一视：把自己和别人看作一体。

译文

喜欢清静讨厌喧嚣的人，往往离群索居来求取安宁，却不知道想要远离人群，就是还有我相；心住于静，就是动的根源，怎么能达到人我本是浑然一体、动静一齐忘掉的境界呢？

评点

心性本静，所以有『无欲故静』的说法。在心性绝对的静中，谈不到相对的动静。如果避开人事而求静，就陷入相对境界了，所以是妄。况且这种相对的静无法保持，因为动静互根互生，既有求静的念头，动的根子就在。所以静不是求来的，而是消除妄想、通身放下而自然导致的。

一六九、山居潇洒，入都俗气

山居胸次①潇洒，触物皆有佳思：见孤云野鹤②而起超绝之想，遇石涧流泉而动澡雪③之思；抚老桧寒梅而劲节挺立，侣沙鸥麋鹿而机心顿忘。若一走入尘寰，无论物不相关，即此身亦属赘旒④矣！

注释

①胸次：胸怀。

②孤云野鹤：自由自在不受束缚的动物。

③澡雪：作洗涤解，指除去一切杂念保持纯洁的心灵。

④旒：旗下所垂的穗。

译文

在山中隐居，胸怀自然潇洒，接触到什么都能引起有意味的遐想：看见孤云野鹤，就会引起超尘脱俗的想法；遇到山谷溪涧的流泉，就会引起洗涤一切世俗杂念的想法；抚摸耸立在风霜中的老桧和寒梅，就会想起刚强坚毅的气节；与温和的沙鸥和麋鹿在一起，就会完全忘掉勾心斗角的邪念机心。只要一回喧嚣的都市，且不说各种声色环境与这类遐想毫不相关，连自己的身体也像旗帜的飘带一样多余。

评点

对有修养的人来说，外在事物不会扰乱他的心境，他胸次总是那么洒落，而对于一个修养不够的人来说，环境的影响就不可忽视了。何况环境中的人与事物，具有潜移默化的影响，如市居令人俗气，山居令人高洁之类。现代社会回归自然的呼声更加强烈，其深层原因就在这里。

一七〇、祸福苦乐，一念之差

人生福境祸区，皆念想造成，故释氏①云：『利欲炽然，即是火坑；贪爱②沉溺，便为苦海。一念清净，烈焰成池③；一念警觉，船登彼岸④。』念头稍异，境界顿殊，可不慎哉！

注释

①释氏：佛教。因佛教创立者为释迦佛，故称佛教为释氏。

②贪爱：贪着爱恋。

③烈焰成池：燃着烈焰的火坑变为清凉的池塘。

④彼岸：佛家语，指成就佛果境界。

译文

人生的幸福与苦恼是由自己的观念所造成，所以佛教说：名利的欲望太强烈就是火坑，贪婪之心太强烈就是苦海。只要有一个清净的念头，火坑就会变成水池；只要有一点警觉，航船就到了涅槃彼岸。念头只要稍有不同，人生境界就会完全不同，可以不慎重吗？

评点

佛教认为『心生种种法生，心灭种种法灭』。这里的心指念头，法指现象，可见恶念一动，恶境界即成，而善念一动，又会化恶境界为善境界。如果你没动贪欲之类恶念，就谨慎地不要动；如果已落苦海，就赶快回头。有道是：『苦海无边，回头是岸。』

一七一、机息心清，月到风来

机息①时便有月到风来，不必苦人世；心远②处自无车马迹，何须恋丘山③。

注释

①机息：心机停止。

②心远：超越世俗。

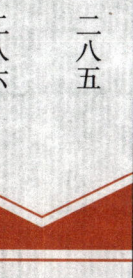

③丘山：喻指隐居处。

译文

心机停息的时候，就会有明月清风到来，所以不必以为人间是苦的；心思远离世俗的时候，自然不会听到车马的喧嚣声，所以哪里需要眷恋山野林泉呢？

评点

『结庐在人境，而无车马喧。问君何能尔，心远地自偏。』

本节显然是从陶渊明这首诗中化出的。我们今天生活在现代喧闹的社会环境中，离世外桃源更遥远了，连陶渊明时代隐居的山林也找不到了。但只要我们远离权势名利追求，那我们的环境就会偏僻起来，我们的心情也会宁静下来。真正的桃花源只能从内心去找，而不在山林之中。

一七二、万钟一发，决于一心

心旷则万钟如瓦缶①，心隘则一发似车轮。

注释 ①瓦缶：古代用来装酒的瓦器，形容没价值的物品。

译文 心胸阔达的人，即使是一万钟优厚奉禄，也会看成像瓦罐那样没价值；心胸狭隘的人，即使是如发丝细小的利益，也会看成像车轮那么大。

评点 财利与心胸成反比。同样是那些财物，却因为心的大小迥然不同：心越大财物越小，心越小财物越大。

一七三、以我转物，物勿役我

无风月花柳不成造化，无情欲嗜好不成心体。只以我转物①，不以物役我②，则嗜欲莫非天机③，尘情即是理境矣。

注释 ①以我转物：自由自在地看待和运用外物。
②以物役我：为外物所驱使。
③天机：向善的根性。《庄子·大宗师篇》：『其嗜欲深者，其天机浅』。

译文 如果没有清风明月和花草树木，大自然就不成其为大自然；如果没有情欲和嗜好，心体也就不成其为心体。只由我来操纵万物，不要由物来奴役我，这样，一切欲望和嗜好都无非天机的体现，红尘境界就是真如的境界。

评点 佛教说『无法不破，一法不立』，又说『心能转物，即同如来』，意思是大千世界中，没有任何事物必须除掉，也没有任何事物需要创造，只须真心现前，就内而身心，外而世界，无非佛境了。

一七四、就身了身，以物付物

就一身①了②一身者，方能以万物付③万物；还天下于天下者，才能超世间于世间。

注释 ①一身：自己。

②了：了悟。

③付：付与。

译文 能从自我来了悟自我的人，才能使万物按照自己的本性去发展；能把天下还给天下万民的人，才能身在世间而超越世间。

评点 修行人既不需要抛弃身体，也不需要抛弃天下，反倒要利用身体来修行，借世界来练心。这样才能成就圣智，从而做到物各付物，把天下还给天下。

一七五、处处真境，物物真机

人心多从动处失真。若一念不生，澄然①静坐，云兴而悠然②共逝，雨滴而泠然俱清，鸟啼而欣然有会，花落而潇然③自得，何地无真境，何物无真机④？

注释

①澄然：心无杂念的样子。

②悠然：闲静自得的样子。

③潇然：潇洒自在的样子。

④真机：指发自本真性体的枢机。

译文

人心多半是在动念处失去本真的佛性。假如任何杂念都不产生，只是澄心静坐，心念随着天际白云消失，随着雨滴而感到清泠，听到鸟语呢喃就喜悦，看到花朵的飘落就感到自得，那么什么地方没有真如境界，什么事物没有真正的机趣？

评点

人心的动只是念头动。念动有两种：一种是率性而动，像自然反应一样没有任何前提，又像武术中不失重心的进击，虽有念仍属无念，属于动而不动，所以不会失真；另一种是逐物而动，总有某种思想、情绪或利害计较作前提，就像武术中在进击的时候完全失去重心，本性于是被遮蔽，只有这样的动才会失真。因为人们多只有后一种动而无前一种动，所以『多从动处失真』。

一七六、风迹月影，过而不留

耳根①似飙谷②投音，过而不留，则是非具谢；心境如月池浸色③，空而不著，则物我④两忘。

注释

①耳根：佛家六根之一，相对于声尘产生耳识。

②飙谷：大风吹过的山谷。

③月池浸色：月亮在水中的倒影所映出的月色。

④物我：外物和自我。

译文

耳根像大风吹过山谷一般，经一阵哼啸之后什么也不留，这样所有流言蜚语就都不起作用；心假如能像月亮在水中一般，月亮既不在水中，水也不留月亮，心中就一片空明而无物我之分了。

评点

耳根既然在听，就是动；心中既然如月池浸色，就还是有。但因为本心毕现，了了分明而不为声色所迷，所以动而不动，有而不有。动而不动，归于不动；有而不有，归于没有。这两种境界都属于真空妙有，所以能『是非俱谢』、『物我两忘』。

一七七、世间皆乐，苦自心生

世人为荣利缠缚，动曰尘世苦海，不知云白山青，川行石立，花迎鸟笑，谷答樵讴①。世亦不尘，海亦不苦，

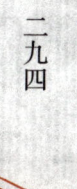

彼自尘苦其心尔。

注释 ①谷答樵讴：山谷间应答着樵夫的歌唱。

译文 世人都被名利所捆住了，所以动不动就说人间是苦海，而不知道白云笼罩着青山翠谷、河水冲涮着奇岩怪石、花笑迎歌唱的鸟儿、山鸣谷应和樵夫的歌唱等美好境界。世间并无尘器，并非苦海，只是人们把它当作尘器和苦海罢了。

评点 人心不同，山川自异，而其实山川始终未变。世人本心为妄心所遮蔽，看不见生活美好的一面，就把世界说成苦海。这虽然是一种真切的感受，却不过是心理投射导致的一种幻象罢了。只看到生活美好一面的道理亦然。有谁能不增不减，如其本然地观察生活呢？

一七八、体任自然，不染世法

山肴①不受世间灌溉，野禽不受世间豢②养，其味皆香而且冽③。吾人能不为世法④所玷染，其嗅味不迥⑤然别乎！

注释 ①山肴：山上的蔬菜。

②豢：饲养。

③冽：强烈。

④世法：世间的现象。

⑤迥：远。

【译文】山菜不受世间人为的灌溉，野鸟不受世间人为的豢养，所以味道特别鲜美可口。我们人类只要不为世间的功名利禄所污染，他的品德和气质，不也会和那些充身铜臭的人明显不同吗？

【评点】以自然环境中的野味，比喻人只要不受世俗玷染，便有许多不同世俗的可贵之处，其中有深刻的含义。什么是作者所比方的自然环境呢？那就是人纯真的本性。离开纯真的本性，就会受到世俗的玷染；保持纯真的本性，人品自然高尚纯洁。

一七九、减繁增静，安乐之基

人生减省一分便超脱了一分。如交游减便免纷扰，言语减便寡愆尤①，思虑减则精神不耗②，聪明减则混沌③可完。彼不求日减而求日增者，真桎梏④此生哉！

【注释】①愆尤：过错和怨恨。

②耗：消耗、损失。

③混沌：指天地未开辟以前的原始状态，在此指人的本性。

④桎梏：古代用来锁绑罪犯的刑具，引申为束缚。

【译文】人生在世能减少一分物欲，就多一分超脱。比如交际应酬减少，

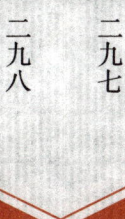

能免去很多纷扰；言语减少，能避免很多懊悔和怨尤；思虑减少，能避免精神的消耗；聪明减少，可保全纯真本性。那些不设法减少，反而着力增加的人，这一生真像用枷锁锁住了自己的手脚一样。

评点

『聪明反被聪明误。』《庄子》说中央之帝名叫混沌，没有眼睛也无耳朵，后来朋友们给他凿出了五官，结果混沌却死掉了。世人喜欢聪明而厌恶浑朴，却不知道人有耳目有见闻之后，就会被利欲所桎梏而丧失纯真的本性。

一八〇、口耳嗜欲，但求真趣

茶不求精而壶亦不燥，酒不求冽而樽①亦不空；素琴无弦而常调，短笛无腔而自适。纵难超越羲皇②，亦可匹俦③嵇阮④。

注释

①樽：盛酒的器具。

②羲皇：即伏羲氏，为上古时代的帝王。

③匹俦：匹配。

④嵇阮：嵇是嵇康，字叔夜，资性高迈不群，官拜中散大夫不就，常弹琴咏诗以自娱。阮是阮籍，字嗣宗，好老庄，嗜酒善琴，对俗士以白眼而待。

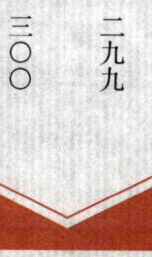

译文 喝茶不一定要喝名茶，只是维持壶底不干；喝酒不一定要喝名酒，只是维持酒壶不空；朴素的琴虽然无弦，但是经常用来调剂身心；短笛虽然无孔，却经常用来使自己怡然自得。即使无法超越伏羲氏，也可以与嵇康和阮籍媲美。

评点 古代有很多沉浸于山水田园的人，不求物质生活上的富足，而注重精神上的自适。如嵇康和阮籍都是竹林七贤中人，处于林泉之下，不与俗人往还；陶渊明窗下高卧，在和风吹拂之下抚琴消遣，便自称『羲皇上人』。当今物质生活虽然丰富，但这隐者的风范却越来越难以企及了。

一八一、良药苦口，忠言逆耳

耳中常闻逆耳①之言，心中常有拂心②之事，才是进德修业的砥石③。若言言悦耳，事事快心，便终生埋在鸩毒④中矣。

注释

①逆耳：刺耳，使人听了不高兴的话。

②拂心：不顺心。

③砥石：一种磨石。

④鸩毒：一种鸟的剧毒。

译文

耳中经常听到不爱听的话，心里经常想些不如意的事，才是增进道德、干好事业的砥石；假如每句话都很好听，每件事都很称心，就等于把自己的一生都埋葬在毒药中了。

评点

『良药苦口而利于病，忠言逆耳而利于行。』假如听到忠言而感到厌倦逆耳，就难以反省自己的缺点而不断进步。人生尤其要经常接受各种横逆和痛苦的磨炼和考验，『人生不如意事常八九』，这对于一个有志者是好事而不是坏事，除非甘心做一个没出息的人。

一八二、净从秽生，明从暗出

粪虫①至秽，变为蝉②而饮露于秋风③；腐草无光，化为萤④而耀彩于夏月。因知洁常自污出，明每从晦生也。

注释

①粪虫：尘芥中所生的蛆虫，此处指的是蠕（金龟子的幼虫），而蝉就是从蛴螬蜕化而成的。

②蝉：又名知了，幼虫在土中吸树根汁，蜕变成蛴后而登树，再蜕皮成蝉。

③饮露于秋风：蝉不吃普通的食物，以喝露水为生，古以它为高洁之象征。

④化为萤：据《礼论·月令篇》：『季夏三月，腐草为萤。』

译文

粪土里所生的虫是最脏的虫，可是一但蜕化成蝉，却只喝秋天洁净的露水；腐败的野草本来毫无光华，可是一但孕育成萤火虫，却能在夏天的夜空中闪闪发光。由此可知，洁净的东西常常是从污秽中得到，光明常常在黑暗中产生。

评点

高洁出于卑污，光明出于暗淡，造化往往是出人意料的，却体现着自然规律。人生也是这样，不从基础开始学习圣贤之道，就没有高深的道德修养；不肯在艰苦的环境中磨炼而希望养尊处优，那就没法成才，也不会有日后事业的成功。

一八三、事悟痴除，性定动端

饱后思味，则浓淡之境都消；色后思淫，则男女之见尽绝。故人常以事后之悔悟，破临事之痴迷①，则性定②而动无不正。

注释

①痴迷：不能对事物做全面明智的判断，却又全身心投入。

②性定：本性安定不动。

译文

酒足饭饱之后再回想美酒佳肴，就什么味道都没有了；色欲满足之后再回味房事，就什么意思都没有了。所以人们常用事后的悔悟来破除遇事时的痴迷，这样心性就定下来了，一切行为也自然合乎情理了。

评点　人们常常讥讽事后才悔悟的人为事后诸葛。其实事后诸葛也有可贵之处，那就是作为以后的借鉴，可惜很多人在悔悟后一再犯同样的错误。孔子表扬得意弟子颜渊的话中有一句是『不二过』，可见『不二过』对于道德修养的重要性。如果一个人能做到不二过，他的进步就会日新月异。

一八四、原其初心，观其末路

事穷势蹙①之人，当原其初心；功成行满②之士，要观其末路③。

注释　①蹙：穷困。

②功成行满：功行事业圆满成就。

③末路：路的终点，引申为结果。

译文　对于事业失败、陷入困境的人，要回想他当初的动机；对于事业成功、一切如意的人，要观察他是否能长期坚持下去，考虑结局如何。

评点　人们习惯于以成败论英雄，把耀眼的花环戴在成功者头上，而对失败者不理不睬，甚至再踏上一脚，这是有失公允的。无论做什么事，谁也不能保证只成不败。一方面失败是成功之母，另一方面成功者又容易走下坡路，所以一时的成败不足以决定一生的荣辱。

对失败者则应该看到他当初可以理解的动机，对成功者还要看他的最终结果，这才是明智的。

一八五、居安思危，处乱思治

居卑①而后知登高之为危，处晦②而后知向明之太露，守静而后知好动之过劳，养默③而后知多言之为躁。

注释

①居卑：处于低处。

②处晦：在昏暗的地方。

③养默：用沉默的方式养德。

译文

站在低处，才知道登上高处有多么危险；立在暗处，才知道置身亮处有多么暴露；保持宁静，才知道好动的人有多么辛苦；保持沉默，才知道多说话的人有多么浮躁。

评点

这是通过卑尊、晦明、静动、默躁的对比，要人善于站在其相反一面来观察人生状态。凡事『当局者迷，旁观者清』，处于相反的位置就更加明了。所以为人处世要善于从相反的立场看问题，善于听取来自不同方面的意见，而不可因一时的得意而自以为是，堵塞言路。

一八六、放得心下，入圣超凡

放得功名富贵之心下，便可脱凡①；放得道德仁义之心下，方可入圣②。

注释 ①脱凡：摆脱凡庸。

②入圣：进入圣人境界。

译文 能丢掉追逐功名富贵的念头，就可以摆脱世俗；能丢掉仁义道德的念头，才能进入圣贤的境界。

评点 放下功名富贵很容易理解，为什么要连道德仁义也要放下呢？因为凡事都是相对的，只要处于相对中，就属于世俗而非圣境。

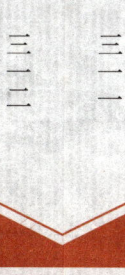

老子说：弃绝圣智，对百姓有百倍的利益；弃绝仁义，百姓就会恢复孝道和慈爱；绝弃伎巧和利欲，盗贼就没有了。这三种说法好像是文采不足，其实是要人们看到和保持本真的东西。所以要想脱凡入圣，必须连道德仁义也放下。

一八七、人定胜天，为圣为贤

彼富我仁，彼爵我义①，君子固不为君相所牢笼；人定胜天②，志一动气③，君子亦不受造化之陶铸④。

注释 ①彼富我仁，彼爵我义：语出《孟子》一书：『晋、楚之富不可及也。彼以其富，我以吾仁；彼以其爵，我以吾义，吾何谦乎哉？』

②人定胜天：人如果能性定气清，就能战胜天命。

③志一动气：心志专一就能发动和统御情绪。

④陶铸：陶冶、塑造。陶是用范式制作陶器，铸是熔金铸造。

译文

别人有财富，我坚守仁德，别人有爵禄，我坚守正义，所以君子一定不会被君主和卿相的高官厚禄所收买；人定下心就能战胜天命，意志专一就能转变自己的品德和气质，所以君子也不受命运的摆布。

评点

上一句讲人与社会生活的关系，意思即孟子所谓『富贵不能淫，贫贱不能移，威武不能屈』。下一句讲人与自然的关系，意思即佛家所谓『制心一处，无事不办』。能同时做到这两条，才是顶天立地的大丈夫，才称得上圣贤。

一八八、有木石心，具云水趣

进德修道①，要个木石②的念头，若一有欣羡，便趋欲境；济世经邦，要段云水③的趣味，若一有贪著④，便陷危机。

注释

①修道：泛指修炼佛道两派的法门。

②木石：木柴和石块都是无欲望无感情的物体，比喻无情欲。

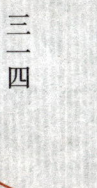

③云水：云水没有定形，用来比喻变化多端。

④贪著：对富贵等欲念的执著。

译文

在心性修养方面，要有像木石一样丝毫不动的念头，只要一喜欢或羡慕非分的东西，就会走向利欲的境界；在治理国家，服务社会方面，必须有像行云流水一样的趣味，只要一有贪恋名利的念头，就会陷入危机四伏的境地。

评点

木石是无生命之物，象征寂然不动。云水随机赋形，象征变幻无穷。治心不像木石一样凝然，做事时就没有云水般的变化；做事虽然要有云水般的变化，却又不能离开本心的凝定状态。这就是佛教所说的以定为体，以慧为用，体不离用，用不离体。

一八九、吉人安详，恶人狠戾

吉人①无论作用安详②，即梦寐神魂③，无非中气④；凶人无论行事狠戾，即声音笑语，浑是杀机⑤。

注释

①吉人：善人。善则多吉，故称。

②安详：从容不迫。

③梦寐神魂：指睡梦中的神情。

④中气：正气，又叫中和之气，可以从生理和精神两方面理解。

⑤杀机：害人的迹象。

译文

心地善良的人，言行举止总是那么安详，即使在睡梦中的神情也都洋溢着祥和之气；性情凶暴的人，不论做什么事都手段残忍，即使在谈笑之间也完全都是杀机。

评点 心是身体的主宰，而相由心生，人心的善恶表现在他生活的各个方面，想伪装是很难的，也是不会长久的。人们总是聚拢在善良的人周围而远离恶人，所以说『吉人自有天相，恶人自有天罚』。因此，对己，要切实从内心修养着手，逐步影响到外在表现；对人，则要善于从外表观察其内心，而决定与他的远近。

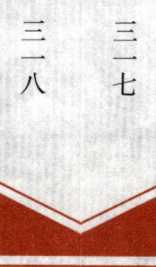

一九〇、多心招祸，少事为福

福莫福于少事①，祸莫祸于多心②。唯苦事者方知少事之为福，唯平心者始知多心之为祸。

注释 ①少事：指没有烦心的琐事。

②多心：多疑。

译文 最大的幸福莫过于无琐事扰心，最大的灾祸莫过于多心。只有那些琐事缠身的人，才知道无事一身轻的幸福；只有那些心态平和的人，才知道多心是最大的灾祸。

评点 幸福与外在的事物虽有关系，但主要来自内心的安宁。少事源于无心，多心就会多事，就会不得安宁，所以多心的人即使富可敌国、贵比王公，仍是不幸的。何况『君子坦荡荡，小人长戚戚』，是否多心多事，也说明了人品的高下。

一九一、崇俭养德，守拙全真

奢者富而不足，何如俭者贫而有余？能者劳而招怨①，何如拙者逸而全真②？

注释

①劳而招怨：劳苦而招致怨言和诽谤。

②逸而全真：安闲而保全纯真的本性。

译文

奢侈无度的人，财富再多也觉得不够用，怎么比得上虽然贫穷却生活节俭而感到满足的人？有才干的人心力交瘁而招致怨恨，哪里比得上因为笨拙而安闲无事，而保全纯真本性的人？

评点

劳碌不休的人心向外驰，很难关照自己的内心修养，久而久之，就难以保全纯真的本性了，倒不如多闲暇的笨人不易丧失本真。这就像富有而奢侈的人往往感到用度不足，倒不如贫穷而节俭的人时常感到有余。当然为大众服务的事还是应该尽力去做，但仍要多关注内心修养才行，否则大众的事情就做不好。

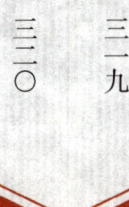

一九二、苦中有乐，乐中有苦

苦心①中常得悦心之趣②，得意时便生失意之悲③。

注释

①苦心：良苦的用心。

②悦心之趣：因喜悦而感到的乐趣。

③失意之悲：因失望而感到的悲哀。

译文

苦心孤诣的人常常得到愉悦心灵的趣味，得意的时候就会产生失意的悲哀。

评点

苦心的根苗会开出快乐的花朵，如果一开始就贪图快乐，那就适得其反了。这种苦心还要贯彻到得意的喜悦中去，以小心谨慎地持盈保泰，防止导致失意的悲哀。所以只有始终保持苦心，善巧经营，才能从成功走向成功，从快乐走向快乐。

一九三、人死留名，豹死留皮

春至时和①，花尚铺一段好色②，鸟且啭③几句好音。士君子幸列头角④，得遇温饱，不思立好言，行好事，虽是在世百年，恰似未生一日。

注释

①时和：气候和暖。

②好色：美景。

③啭：鸟宛转悠扬的叫声。

④列头角：崭露头角。旧指考中科举，或列入杰出人物。

译文 当春天到来，阳光和暖，连花草也争奇斗艳，在地上铺一层好颜色，连飞鸟也宛转动听地鸣叫。士人、君子幸而进入杰出人物行列，过上了饱暖的生活，如果不想为后世写有益的书，做有益的事，那他即使活到一百岁，也像一天都没活过一样。

评点 一个人活在世上，如果他的一切努力结果都被自己所吃光用尽，那他的生命价值就等于零；如果只是侵占他人或公共利益以饱私囊，那么他的生命就是负数，负数的大小即侵占的多少；只有有益于人的人，他的生命才有价值，价值的大小即他利益别人的多少。

一九四、真廉无名，大巧若拙

真廉无廉名，立名者正所以为贪；大巧①无巧术，用术者乃所以为拙。

注释 ①大巧：真正的智巧。

译文 真廉洁的人没有廉洁的声誉，到处树立廉洁名誉正是贪婪的表现；真聪明的人没有什么手腕，要手腕正是笨拙的表现。

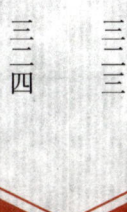

评点 真廉洁的人为什么没有廉洁的声誉？大巧为什么没有巧的表现？心体没有任何规定性，更没有任何形象性，这才是真廉洁；心性又无所不能，大巧若拙，这才是真正的巧。反之，那种到处立名、用计的做法，非率性而为，与人的本性和社会道德都不相应，所以为贪为拙。

一九五、居安思危，人定胜天

天之机缄不测，抑而伸，伸而抑①，皆是播弄英雄，颠倒豪杰处。君子只是逆来顺受，居安思危，天亦无所用其伎俩矣。

注释 ①抑而伸，伸而抑：从屈到伸，从伸到屈。

译文 天的机关开闭无法测度，屈了又伸，伸了又屈，都是玩弄和颠倒所谓的英雄豪杰的地方。君子只要不管多么违心的事情都和顺地承受，在安全的时候考虑到危险的时候，那么天也没有什么办法了。

评点 世事难以逆料，天机不可思议，而人的所知所能都是有限的，所以要逆来顺受，以与自然规律相应。这并不意味着一切听天由命，所谓居安思危，就是要发挥主观能动作用。『人定胜天』，只要人心定下来了，上天也拿人没办法。这两个方面不可偏倚，否则既非天地之道，也非君子之道。

一九六、中和①为福，偏激为灾

躁性者火炽，遇物则焚；寡恩者冰清，逢物必杀；凝滞固执②者如死水腐木，生机已绝，俱难建功业而延福祉。

注释

①中和：不偏不倚叫中，不刚不柔叫和。

②凝滞固执：比喻人的性情呆滞古板，冥顽不灵。

译文

性情急躁的人，言行如烈火一般炽热，任何事物遇到它都会被焚毁；刻薄寡恩的人，言行像冰雪一般冷酷，任何物体遇到它都会遭到伤害；呆板顽固的人，像死水朽木一样断绝了生机，都不是建功立业、福禄绵长的人。

评点

任何一种性格都既不可能只是短处，也不可能只是长处，而必然是两面性的。本节是着眼于成就事业、绵延福禄，就不同性格的短处而说，所以也应该举一反三，看到没说的一面。由此不难理解传统观人法为什么以中和为贵。《人物志》说：『凡人之质，中和最贵。中和之质，必平淡无味，故能调成五材，变化应节。』就是说，只有中和的性格局限性最小，是君主之才，可塑性最大，可以担任任何职务。

一九七、一念贪私，万劫不复

人只一念贪私，便销刚为柔、塞智为昏、变恩为惨①、染洁为污，坏了一生人品。故古人以不贪为宝，所以度越②一世。

注释 ①变恩为惨：变惠爱为狠毒。恩，惠爱。惨，狠毒。

②度越：超越。

译文 只要心中出现一个贪婪或偏私的念头，就会变刚直为懦弱、变聪明为昏庸、变惠爱为狠毒，变纯洁为污浊，毁了自己一生的品德。所以古圣先贤以『不贪』二字为宝，借以度过一生。

评点 贪欲是万恶之源，反过来看，不贪就是万善之源。历史上有不贪为宝的故事，说的是有个人得到一块玉，把它献给子罕，子罕却不接受。献玉的人说：『雕玉的人认为这是宝物，所以小人才敢献给您。』子罕说：『你以这块玉为宝，我以不贪这个品德为宝，你要是把这块玉给了我，那我们都失去了自己的宝物了。』这个故事值得每个人记取。

一九八、保已成业，防未来非

图未就之功，不如保已成之业①，悔既往之失②，

不如防将来之非③。

注释 ①业：事业。

②失：过失。

③非：错误。

译文 与其谋划没有把握完成的功业，不如维护已经完成的事业；与其懊悔以前的过失，不如好好预防未来可能发生的错误。

评点 做事要稳扎稳打，步步为营，如果不善守成却好大喜功，就像不断丢掉已经占领的土地却急于开疆拓土一样，是一种很荒谬的现象。总结经验教训则要着眼于防止以后的失误，否则沉溺于对往事的悔恨，岂不是同样荒谬？

一九九、不著色相，不留声影

风来疏竹，风过而竹不留声；雁度寒潭，雁去而潭不留影。故君子事来而心始现，事去而心随空。

译文 轻风吹过稀疏的竹林而发出一阵声响，风吹过后，竹林并不留下声音；大雁飞过寒潭而倒映出雁影，大雁飞过后，水面也不留下雁影。所以君子遇事才会动念，事情一过，心中就会恢复空寂。

评点 虽然『风过而竹不留声』，『雁过而潭不留影』，而人心却往往把声影留下，甚至留恋不舍。而有修养的君子则不是这样。君子用心若镜，物来影现，物去影空，既不迎不送，也不留恋。这是君子之所以为君子。

二〇〇、君子德行，其道中庸

清能有容，仁能善断，明不伤察①，直不过矫，是谓蜜饯不甜②，海味不咸，才是懿德③。

注释 ①伤察：失之于明察。

②蜜饯不甜：蜜饯不过分甜。

③懿德：美德。

译文 清廉而有容忍的雅量，仁慈而又善于决断，精明而又不过分明察，正直而又不至于矫枉过正，这种道理就像蜜饯虽然浸在糖里即不过甜，海产的鱼虾虽然生活在咸水里却不过咸。能把握这不偏不倚的尺度，才是美德。

评点 一清高就难以宽容，一仁爱就不能决定，一明鉴就会过于明察，一正直就矫枉过正，这是世上的通病。如何才能兼有两方面的长处，避免以上的通病呢？只有让自性直接发挥作用。《中庸》说：『天命之谓性，率性之谓道。』自性本善本明，具有良知良能，只要让它直接发挥作用，一切自会恰到好处，哪里还会顾此失彼呢！